私のことが大好きな最強騎士の
二度目の人生では塩対応なんで

死に戻り妻は溺愛夫の我慢に気付かない

琴子

Kotoko Presents

fairy kiss

この作品はフィクションです。
実際の人物・団体・事件などに一切関係ありません。

私のことが大好きな最強騎士の夫が、二度目の人生では塩対応なんですが!?2

死に戻り妻は溺愛夫の我慢に気付かない

第一章

カーテンの隙間から差し込む朝日を浴びながら、ゆっくりとベッドから身体《からだ》を起こす。

ぐっと両手を伸ばせば、ふわあと欠伸《あくび》が漏れた。

「やっぱり自分の家は良いわ……」

久しぶりにぐっすり眠れた気がする。

――私は昨日、無事に病院から退院し、街中に借りている一軒家へと戻ってきた。

舞踏会で閉じ込められ毒蛇の魔物に噛《か》まれて死にかけたものの、もうすっかり完治している。

未《いま》だに犯人は捕まっておらず不安はあるけれど、護衛騎士のヘルカも常に側《そば》にいてくれる上に、実はもう一人、腕の立つ護衛を雇うことになっていた。

犯人が捕まるまで油断はできないし、幸いお金にはまだまだ余裕はある。

(何よりイーサンに心配をかけたくないもの)

一度だけ病院へ報告に来てくれた彼は、私を心底気遣う素振りを見せていた。もちろん嬉《うれ》しかったし、これ以上心配をかけないためにもしっかりしなければ。

「……ふふ」

同時にあの日のことを思い出し、つい口元が緩む。

『……俺に対しては『様』なんていりません』

『あなたにそう呼ばれるのは、なんだか落ち着かないので。敬語も必要ありません』

なんとイーサンが一度目の人生の時のように名前で呼び、話していいと言ってくれたのだ。

彼からの呼び方は変わらないものの、少しだけ距離が縮まった気がして、浮かれてしまう。

（とはいえ、二週間が経《た》つけれどあれ以来会えていないから、名前を呼ぶ機会もないのよね）

もう一度くらいイーサンが病院へ来てくれるかなと、何度も期待してしまった。

それでも、彼が再び現れることはなく。ヘルカからはイーサンが私を殺そうとした犯人の捜査にあたってくれていると聞いているし、多忙なことを思えば当然だ。

それでも、やっぱり寂しく感じてしまう。

『……どうしてあなたは、俺の決意を簡単に揺るがせるんでしょうね』

私の頬に触れながら告げられた言葉の意味も、気がかりだった。

イーサンの「決意」というのが何なのか、私には分からない。

けれどあの時、彼が私へ向けていた眼差《まなざ》しは、一度目の人生でいつも彼が私へ向けていたものと同じように見えて、勘違いしそうになってしまった。

「……イーサンに会いたい」

ぽつりとそう呟《つぶや》けば、ちょうど私を起こしに来たらしいメイドのパトリスに聞こえてしまったらしく「お変わりないようで安心しました」と笑われてしまった。

それからはいつものように身支度をして朝食をいただき、ソファでのんびり紅茶を飲みながらさて何をしようかと思っていると、来客を知らせるベルが鳴った。

パトリスが玄関へ向かってすぐ、どたどたと騒がしい足音が複数近づいてくる。

ヘルカが庇《かば》うように私の前に立ってくれたのを見つめながら、大きな溜《た》め息《いき》が口からこぼれた。

(思っていたより早かったわね)

やがて居間のドアが乱暴に開き、中へ入ってきたのは予想通りお父様とお母様だった。

続けて二人を止められなかったことを悔やんでいるらしいパトリスが入ってきて、私は「大丈夫よ」という意味を込めた笑顔を彼女へ向ける。

両親の顔には激しい怒りが浮かんでおり、ぴりっとした空気が広がっていく。

「他人の家に無断で入ってくるなんて、不躾《ぶしつけ》ですこと」

「何が他人だ、親に向かって何という口のきき方を……！」

ソファに座ったまま冷ややかな眼差しを向ければ、二人は更に苛立《いらだ》った様子を見せる。

「退院したのなら、連絡のひとつくらい寄越すべきだろう」

「勘当してくださいと言ったはずです。フォレット侯爵家と縁を切った他人の私はもう、お二人の期待に応えられませんので」

「はあ、まだそんなことを言っているのね」

呆《あき》れたように片手で目元を覆い、お母様は首を左右に振る。

お父様は私の向かいのソファにどかりと腰を下ろすと、私へ鋭い視線を向けた。

「アナスタシア、いい加減に家へ戻ってきなさい。何がそんなに気に食わないんだ」

「私は愛する人と生きていきたいだけです。侯爵家の娘としての責任を果たせなかったことは申し訳なく思っていますが、私の気持ちは変わりません」

「よほどあの男に心酔しているんだな。遊び慣れた卑しい平民の男からすれば、箱入り娘を口説き落とすのも簡単なんだろう」

「は？」

お父様の言葉が耳に届いた瞬間、激しい怒りに駆られた私はテーブルの上に置かれていたティーカップを摑《つか》むと、ぬるくなった中身をお父様の顔面めがけてぶちまけていた。

頭に血が上ってしまい、我慢しきれなかった。

(イーサンのことを何も知らないくせに、悪く言うなんて絶対に許せない)

私をいくら罵ろうと、悪く言おうとどうでもよかった。それでも、イーサンを悪く言うのだけは許せない。彼は両親とは違い、誰よりも素敵な人なのだから。

――二度目の人生では頬を思いきりぶたれて反対されたくらいで、一度目の時ほど酷《ひど》い扱いをされてはいない。だからこそ、好き勝手することに対して罪悪感だってあった。

けれどもう、そんなものも一切なくなった。

(この人達《たち》はやっぱり、あの時と何も変わっていない)

お母様が悲鳴を上げるのを無視して立ち上がると、私は玄関へ続くドアを開けた。

「帰ってください、二度と顔も見たくありません」

「アナスタシア！」

「そもそも、今の私に価値なんてないでしょう？　あなた方の望むような良縁だって、もう望めないでしょうから」

私がイーサンを慕っていることだけでなく、テオドールとのことまでゴシップ誌におもしろおかしく書かれてしまっているのだから、醜聞を気にする王族や上位貴族との婚姻など到底無理だろう。

だからこそ、入院していた病院にしつこくやってきたりと、両親が未だに私に対して執着していることに疑問を抱いていた。

お父様は紅茶を引っかけるという真似《まね》までした私に怒鳴りつけることもなく、取り出したハンカチで静かに顔や服を拭っている。

その様子にも戸惑っていると、お父様は白髪の増えた前髪を後ろに撫《な》で付け、口を開いた。

「だが、こんなお前をスティール公爵家が受け入れてくれるそうだ」

「……なんですって？」

「テオドール様がお前との婚約を改めて申し込んでくださったんだ」

信じられない言葉に、頭が痛くなってくる。

『君が好きなんだ』

『子どもの頃から、ずっとずっと好きだった。アナスタシアが僕を異性として見ていないことは分かっていたけど、ゆっくり時間をかけて気付いてもらえればいいと思ってた』

『僕を選んで。絶対に幸せにするから』

確かに以前、私はテオドールから告白をされた。それでも私はイーサンが好きだから気持ちには応えられないと、伝えたというのに。

（どうして……）

けれどようやく、納得がいった。

我が国では王家に次ぐほどの力を持つスティール公爵家との縁談が上がったから、両親は未だに私を連れ戻そうとしているのだと。

少しでも尊い貴族の血を濃くしようと執着する姿は、どうかしているとしか思えない。ここまでの貴族主義の両親が、イーサンを受け入れられるはずがなかった。

「既に話は受けると伝えてある。お前を連れ戻し次第、結婚まで話を進めるつもりだ」

「待ってください！　なんて勝手なことを……！」

この人達は私の意思なんてどうでもいいのだと、改めて思い知らされる。

「一ヶ月以内に侯爵家へ戻ってこなければ、私達もこれ以上は黙ってはいない。お前の愛するイーサン・レイクスがどうなってもいいというのなら、話は別だがな」

「……っ」

「今まで自由にしてやったことに感謝しなさい」

それだけ言うとお父様は立ち上がり、私の目の前を通って出ていった。お母様も無言のままその後をついていき、ドアが閉まる音と同時に室内にはしんとした静寂が訪れる。

パトリスとヘルカから心配する眼差しを感じながら、私はずるずるとその場に座り込んだ。

(どうしよう、どうしたらいいの……?)

——結局、私自身には何の力もない。お父様が本気で根回しをすれば、イーサンの立場を脅かすことだって可能だろう。

まさかお父様が、ここまでするとは思わなかった。

私の勝手な片想《かたおも》いのせいでイーサンに迷惑がかかるなんてこと、絶対にあってはならない。

かといって、このまま大人しく言うことを聞いてテオドールと結婚するのも嫌だった。

(とにかくテオドールと一度、話をしないと)

彼が婚約の申し込みを撤回さえしてくれれば、この話はなくなるのだから。

すぐにテオドールへ「会って話をしたい」と手紙を認《したた》め、スティール公爵家へ送ってもらう。

けれど、いくら待っても彼から返事が来ることはなかった。

◇◇◇

両親が乗り込んできてから、数日が経つ。

テオドールには何度も手紙を書いたけれど、音沙汰はないまま。この調子では直接スティール公爵邸に行ったところで、テオドールには会わせてもらえないだろう。

やはり彼も、両親のように私の気持ちを無視して結婚を進めようとしているのだろうか。

大切な幼馴染《おさななじみ》の彼を信じたいけれど、婚約を申し込んできたこと、そして私からの連絡を故意に無視していることから、その可能性は高い。

「……はあ」

このままでは本当に、侯爵家へ戻らざるを得なくなってしまう。

居間のソファに座り何か方法を……と頭を抱えていると、パトリスとヘルカが側へやってきた。

「お嬢様、たまには気分転換に街へ出かけませんか？」

「はい。お戻りになられてから、ずっと家にこもりきりですし。しっかりお守りしますので」

「二人とも……」

引きこもって悩み続けている私を気遣い、元気付けようとしてくれているのだろう。

そんな二人の優しさに、胸が熱くなる。

（それに気分が変わったら、何か良い案が思い浮かぶかもしれない）

かなり絶望的な状況といえども、いつまでもくよくよしているなんて私らしくない。

「ありがとう、ぜひ行きたいわ！　支度を頼める？」

「もちろんです。新しいドレスも、ずっとクローゼットにしまい込んだままですから」

笑顔で返事をするとパトリスは安堵《あんど》したように微笑《ほほえ》み、私の手を取って立ち上がらせてくれる。

「俺もちゃんとアナスタシア様をお守りしますね」

「ありがとう、ブラム」

爽やかな笑顔を向けてくれた彼は、一週間前から護衛として新たに雇った若い男性だ。腕は立つものの騎士ではなく平民のため、雇用料は安いからおすすめだと知人から紹介された。

ミルクティー色の髪がよく似合う彼はなかなかの美少年だし、同い年ということもあって、あっという間にこの家に馴染んでいる。

「俺はこの数日、ただ家の中でパトリスさんの飯を食ってただけですからね」

「ふふ、そうね」

私が引きこもっていたせいで、ブラムは全く護衛としての仕事ができずにいるのだ。

今後はもう少し外出しようと反省し、着替えるために私は自室へと向かった。

一時間半後、私は三人と共に街中を歩いていた。

「天気も良いし、やっぱり外に出ると気持ちが明るくなるわ」

「それは良かったです」

入院生活からの引きこもり生活だったため、まともに日光を浴びるのも久しぶりな気がする。

今日は嫌なことを忘れて軽く買い物でもして、美味《おい》しいものを食べようと決める。

「それにしてもお嬢様の護衛って、楽ですね」

「えっ？　どうして？」

私のすぐ側を歩くブラムが、感心したように呟く。

「とんでもなくお美しいからでしょうけど、周りの奴《やつ》らが道を開けていくんで」

確かに今も道は行き交う人で溢《あふ》れているのに、私の周りだけは常に一定の空間がある。

人混みの中では意識や神経を尖《とが》らせる必要があるため、近距離にあまり人がいないのは護衛としてはありがたいらしい。

ヘルカも同じ気持ちのようで、頷《うなず》いている。

「お嬢様は国一番、いえ世界で一番お美しいですから。遠巻きに眺めてしまうのも当然です」

「もう、パトリスったら」

自慢げに話すパトリスに、つい笑みがこぼれる。

周囲から常に多くの視線を向けられているのは感じるけれど、私にとっては昔からこれが当たり前で、改めて意識することもなかった。

「でも確かに昔から迷子になる心配もないのよね」

どこにいても目立ってしまうため、見失われるということが絶対にない。これは特技だと言えるのかしら、なんてくだらないことを考えながら歩いていた私は、不意に足を止めた。

（あのお店は確か……）

少し先に、前回の人生でイーサンとの最後のデートで行ったカフェを見つけたからだ。

「ねえ、あそこでお茶をしたいわ」

「大衆向けの店ですよ？　客層も出されるものも、お嬢様には合わないと思いますが……」

「あのお店がいいの」

心配げに尋ねてくれるパトリスにそう言うと、不思議そうな顔をされる。

私がこれまで行っていたのは、王族御用達《ごようたし》と言われる完全個室のカフェだったからだろう。

「でしたら、その間にマダム・リコのお店でドレスを取ってまいりますね」

舞踏会での事件前、私はいつかイーサンとデートする日が来るかもしれないという願望から、我が国のトップデザイナーであるマダム・リコにドレスをオーダーしていた。

その出来上がり予定が、数日前だったことを思い出す。

大人気の彼女への依頼は本来なら数年待ちだけれど「アナスタシア様が着てくださるだけで、ブランドの価値が上がりますから」と言って、私に関しては年に二着まで優先してくれている。

（私くらいの美女だと、こういう得が多いのよね）

ドレスだけでなくアクセサリーなども同じで、私が身につけるだけで広告塔代わりになると、どこの店もこぞって贈ってこようとしていた。

（まあ、今の醜聞まみれの私にそんな価値があるとは思えないんだけれど）

「ありがとう。私はブラムがいるし店内で安全でしょうから、ヘルカと一緒に行ってきて」

「分かりました」

最近は街中でもひったくりなんかも多いと聞くため、二人で行ってきてもらうことにする。

「アナスタシア様と二人か、緊張しますね」

「全くそうは見えないわよ」

ブラムとそんなやりとりをしながら二人で店内に入ると、カフェとは思えないくらいがやがやとしていて騒がしい。

あたりを見回しても平民の客ばかりで、私みたいな貴族令嬢なんて一切いない。

「こ、こちらのお席へどうぞ……」

「ありがとう」

私は思いきり浮いていて、案内してくれる店員も近くの客も、困惑している様子だった。

（なんだか懐かしいわ。以前もこうだったもの）

——前回イーサンと一緒に来た時も、周りからはこんな反応をされた記憶がある。

劇場での観劇まで時間が余ってふらっと入った店とはいえ、イーサンもその反応を受けて、私を連れてくるような場所ではないと気付いたようだった。

『申し訳ありません、すぐに出ましょう』

『いいの。初めての経験ができて嬉しいわ』

私はイーサンと一緒ならどこでも嬉しいし楽しいし、場所なんてどこだって良かった、けれど。

『ゲホッ……こほっ……』

（こ、これが売り物なの……？　出涸《でが》らしじゃなくて……？）

やがて出された紅茶を一口飲んだ私は、思わず咳《せ》き込みそうになるのを必死に堪《こら》えた。

香りなんてほとんどしないし、渋くて苦い味がする。

私の知っている紅茶とは、まるで別物だった。

生まれてからずっと私が口にしてきたのは最高級のものだけだったから、茶葉ひとつでこんなにも違うものなのかと衝撃を受けてしまう。

『やはりお口に合いませんよね……？　店を変えた方が――』

驚きが顔に出てしまっていたのか、イーサンは気遣う様子を見せている。

我儘《わがまま》で面倒な女だと思われたくなくて、慌てて必死に笑顔を作った。

『う、ううん！　新鮮でとても美味しいわ！　も、もう一杯いただこうかしら』

そうしてティーカップの中身を一気に飲み干すと、イーサンがほっとした顔をしてくれて、私も安心したことを思い出す。

「……ふふ」

イーサンとの思い出の何もかもが大切で愛《いと》おしくて、心が温かくなる。

ブラムと向かい合って座りメニューを手に取ると、あの日と同じ紅茶を注文することにした。

彼は大衆向けの喫茶店に慣れているらしく、コーヒーにホイップクリームを載せてほしいという普通とは違う頼み方をしていて、そういう飲み方もあるのだと勉強になった。

「こういう店の方が気楽でありがたいです」

「それは良かったわ。今度は違うお店にも連れていってくれない？」

「もちろん、任せてください」

実はたまにブラムから平民の男性の暮らしについて色々と聞いていて、イーサンといつかお喋《しゃべ》りをする時に活《い》かせないかと目論《もくろ》んでいる。

(ブラムって、私に全く好意がなさそうだから気楽でいいのよね)

綺麗《きれい》だとか美人だとかいつも褒めてくれるけれど、なんというか別の生き物として見られている感覚があって、変に気を遣う必要もなかった。

ちなみにイーサンの武勇伝も、未だにヘルカから聞いてはときめく日々を送っている。

やがてお茶とケーキが運ばれてきて、早速いただくことにした。

「どうですか？」

「ごめんなさい。正直、全く美味しいとは思えないわ」

やはり舌が肥えてしまっているせいか美味しいとは思えず、苦笑いしてしまう。

それでもイーサンとの思い出の場所でお茶ができるのは楽しいし、「もっと平民の暮らしや文化を知りたい」と続けて口にしようとした時だった。

「あれ、アナスタシア様」

「……ランドル卿《きょう》？」

不意に名前を呼ばれて顔を上げると、私達のテーブルの隣に案内されたらしい、ランドル卿の姿があって驚いてしまった。

「アナスタシア様も、こんな店に来るんですね」

「ええ、まあ――っ」

そこまで言いかけた私は、ランドル卿の後ろにいる人物を見た瞬間、言葉を失ってしまう。

「どうしてあなたが、こんなところに……」

そう、会いたくて仕方なかったイーサンがそこにいて、心から神に感謝した。

切れ長の両目を見開いた彼もまた、私がこの店にいることに対してとても驚いているようだった。

（なんでイーサンがここに……ううん、以前はこの店に慣れた様子だったし、よく来ているのかも）

今後もこの店に通えば、偶然イーサンに会えるかもしれない。そんな期待をしながら、会えた嬉しさで弾む胸の前で両手をぎゅっと握りしめる。

「ひ、久しぶりね！　元気だった？」

「はい。アナスタシア様の体調はいかがですか」

「お蔭様《かげさま》でとても元気よ。色々ありがとう」

「そうですか。安心しました」

ほっとしたように形の良い唇で弧を描くイーサンの様子からは、とても心配してくれていたのが伝わってきて、嬉しくなる。

イーサンと会うのは病院に来てくれた時以来で。たくさん話したいことがあるのに、あの日のことを色々と思い出してしまい、どうしようもなくドキドキして、ありふれた言葉しか出てこない。

今日も騎士服に身を包んだイーサンは輝いていて、世界で一番格好いい。

彼のアイスブルーの瞳に自分が映っているというだけで、頬が火照っていく。

(こんな時のために夜な夜な作っていた、イーサンにもし会えたらお喋りしたいことリストを持ってくれば良かったわ)

イーサンの圧倒的な美貌に見惚《みと》れてしまいながらそんな後悔をしていると、やがて立ったままの彼の視線が、私の向かいに座るブラムへ向けられた。

「…………」

「…………」

じっとブラムを見つめるイーサンは、無言のまま。

ブラムもイーサンが貴族で地位のある騎士だと察しているようで、自分から声をかけるのは失礼だと分かっているのか、黙って彼を見つめ返している。

「ええと、こちらの男性は？」

紹介しようと思っていたところ、先に口を開いたのはランドル卿だった。

絶対に一番ブラムに興味はないだろうと思いながらも「新しい護衛よ」と紹介する。

「そうか、彼が護衛の……」

すると納得した様子を見せたイーサンに、違和感を覚えた。ブラムを護衛として連れて外出するのは今日が初めてなのに、なぜ知っていたような反応をするのだろう。

「あっ、ヘルカがブラムのことを報告してくれたの？」

「そんなところです」

「も、もしかして、ヘルカって日常の護衛業務についてもあなたに報告していたりする……？」

「……まあ、そうですね」

少し歯切れの悪いイーサンの返事を聞いた私は、はっと両手で口元を覆った。

私が一日中家でだらだらしていたからやることがなかったとか、私が料理を失敗して火事騒ぎを起こしただとか、イーサンに知られたくないような話まで報告されていては恥ずかしい。

私の恋心を知るヘルカならきっと気遣って上手《うま》くやってくれていると、信じたかった。

「でも騎士団長のあなたが研修の騎士の報告まで受けているなんて、すごく驚いたわ。仕事量が大変なことになっているんじゃない？　大丈夫なの？」

以前、騎士団本部に行った際、数えきれないほどの騎士がいた。

本来の魔物の討伐の業務だけでも多忙なはずなのに、大勢の部下の育成まで手広く行っているとなると、過労で身体を壊してしまうのではないかと心配になる。

「…………」

「イーサン？」

なぜか彼は気まずそうな顔をして何も言わないままで、気になってしまう。

どうしたんだろうと再び口を開こうとしたところで、ランドル卿に止められてしまった。

「まあ、その辺で勘弁してやってください」

「勘弁……？」

「特別なんですよ、色々と」

「ああ、ヘルカに目をかけているのね。確かにすごく腕も立つし」

うんうんと頷いていると、ランドル卿は堪えきれないように笑い出す。どこに笑う要素があったのか私には理解できず、やっぱりランドル卿はよく分からないという感想を抱いた。

一方、ずっと黙っていたブラムもまた「ああ！」と納得するような顔をした。

「もしやアナスタシア様が大好きでいつも熱く語っている、レイクス卿ですか？」

「ちょ、ちょっと！　黙って！」

恥ずかしさで顔が熱くなるのを感じながら、慌ててブラムの口を両手で塞ぐ。

恐る恐るイーサンを見上げると、彼は私から顔を逸《そ》らし、口元を手で覆っていた。

その顔ははっきり分かるくらい赤くて、余計に羞恥心が込み上げてくる。

「そ、そうだわ！　もし良かったら二人も一緒にお茶をしない？」

それでもせっかく会えた貴重な機会を逃すまいと、必死に勇気を振り絞って声をかける。

「いいですよ。この後、近くで仕事があるんです。前の仕事が予定よりも早く終わったので、時間を潰そうと男二人でカフェに来ただけですから」

「そうだったのね」

ランドル卿は早口で説明すると「どうも」なんて言い、ブラムの隣に腰を下ろした。

「……おい」

イーサンは眉を顰《ひそ》め、ランドル卿へ呆れを含んだ眼差しを向けている。

私達が座っているのは二人がけのソファが向かい合っている四人席のため、もうイーサンが座るのは私の隣しかなくなってしまう。

「……お隣に座っても？」

「え、ええ！　もちろん！　ありがとう！」

「なぜ礼を言うんですか」

どぎまぎしながら大きな声でお礼を言ってしまった私を見て、イーサンはふっと口元を緩めた。

それだけでもう胸の中は、嬉しい気持ちでいっぱいになってしまう。

イーサンの何もかもが好きで、大好きで仕方なくて、悩みや後ろ向きな感情なんて、全て吹っ飛んでいく気がした。

やはり二人はこの店にたまに来ているらしく、慣れた様子でコーヒーと紅茶を頼んでいた。

「ランドル卿はコーヒーが好きなの？」

「そうですね。アナスタシア様は先ほど美味しくないと言っていましたけど、なぜ大衆向けの店に？」

「あっ、えっ……いえ、ちが……違わなくはないんだけど……」

最悪のタイミングで聞かれてしまっていたと、内心頭を抱える。

（ああもう、お高く留まった嫌な貴族の女だと思われたらどうしよう）

するとイーサンは頭を抱えるように片手で額のあたりを押さえ、俯《うつむ》いた。

どう見てもショックを受けたりへこんだりしているように見えて、心配になる。

「イーサン？　どうかした？」

「……いえ、何でもありません。少し自己嫌悪に陥っているだけで」

「自己嫌悪……？」

なぜこのタイミングでイーサンがそうなってしまったのかは分からない。それでも「気にする必要はないわ」と必死に慰めたところ、なぜか彼は余計に肩を落としてしまった。

「でも、護衛を増やしたのなら安心でしょうね」

ブラムを見てそう言ったランドル卿は、他人目線で話す癖が抜けていないらしい。

「しっかりアナスタシア様をお守りします」

やがて静かにティーカップをソーサーに置いたイーサンは、私へ視線を向けた。

「ですが、アナスタシア様にお会いしたいと思っていましたので、ちょうど良かったです」

「えっ……」

「事件の捜査の進展についてお伝えしたく」

「あっ、そ、そうよね！　そういう……」

一瞬でも馬鹿みたいな期待をしてしまった自分が恥ずかしい。

視界の端でランドル卿が小さく笑ったのが見えて、叫び出したくなる。

（もう、私ったら！　浮かれすぎだわ！）

それからイーサンは、先日の事件の捜査の進展についても話してくれた。

私に声をかけてあの部屋に誘導した女性を捕まえたものの、魔法で口止めされており、口を一切割らないという。私には体調が落ち着いてから伝えるつもりだったらしい。

「事件の犯人もまだ捕まっていないですし、侯爵家に戻らないのであれば気を付けてください」

「ええ、ありがとう。……いつまでこうしていられるか分からないけれど」

せっかくイーサンに会えて嬉しいのに、嫌なことを思い出してしまった。

「そういえば、この後お仕事ってどこへ行くの？」

気分と話題を変えようと思いそう尋ねると、今度はイーサンが静かに口を開いた。

「劇場です、中央広場の側にある」

「――え」

その瞬間、あの日の――一度目の人生で命を落とした瞬間の記憶が鮮明に蘇《よみがえ》ってくる。

『アナ、嫌だ……っ嫌だ、お願いだから、こんな……ああ……』

熱い炎、押し潰される痛み、泣き叫ぶイーサンの姿。

同時に心臓がばくばくと大きな音を立て、息苦しくなり、冷や汗が浮かんでくる。

「――アナスタシア様？」

（やだ……やだ、いや……）

震え出す身体を、冷たくなっていく手できつく抱きしめる。

上手く息が吸えなくなり、目の前がぐにゃりと歪《ゆが》み、視界が傾く。

「アナスタシア様！　アナ！　大丈夫ですか、どこか具合が――」

気が付けばイーサンのひどく心配げな顔が目の前にあって、彼が抱きとめてくれたのだと悟る。

大好きな体温に包まれ、少しだけ心が落ち着くのが分かった。

「……ごめん、ね」

それでもイーサンの頬に手を伸ばし、謝罪の言葉を紡いですぐ、私は意識を手放した。

◇◇◇

ゆっくりと目を開けると、見慣れた窓辺が目に入った。

もう夜なのか、ベッドサイドの灯《あか》りがひとつついているだけの部屋の中は薄暗い。

（……街中で倒れてしまった後、家まで運ばれたのね）

体調はもう大丈夫だと言ったそばから気絶するなんて、説得力がなさすぎる。

何よりイーサンは本気で心配してくれていた様子だったのを思い出し、申し訳なくなった。あの場にいたランドル卿やブラム、後から知ったパトリスやヘルカも驚き、心配してくれたに違いない。

（もう大丈夫だと思っていたのに、イーサンの口から劇場のことを聞いたせいかしら）

まさか過去を思い出しただけであんな風になるなんて、想像していなかった。

自身が思っていたよりもずっと「死の記憶」というのは、トラウマになっていたのかもしれない。

とにかく次にイーサンに会った時に謝って、もう大丈夫だと伝えようと決める。

寝返りを打とうとしたところ、自身の手が温かい何かに包まれていることに気が付いた。

心配してずっと付き添い、看病してくれていたパトリスが手を繋《つな》いでくれているのだろう。そう信じて疑わなかった私は、その手をぎゅっと握り返して彼女へと視線を向ける。

（あら？　パトリスの手ってこんなに大きくて硬かったかしら）

「ねえパトリス、私――」

違和感を覚えながら自身の手へ視線を向けた私の口からは、間の抜けた声が漏れた。

「えっ」

視界に見えた私の手を握っている手は間違いなく男性のもので、その服装にも見覚えがある。

「――――」

横になったまま恐る恐る見上げれば、ベッドの側の椅子に座るイーサンの姿があった。

椅子に座りながら眠っているらしく、目は閉じられたまま。

思わず短い悲鳴を上げそうになってしまい、慌てて口を噤《つぐ》む。

全く予想していなかった事態に心臓は早鐘を打ち、変な汗が止まらなくなる。

(ど、どうしてイーサンがここに……？　もしかしてあれからずっと側にいてくれたの？)

優しくて責任感の強いイーサンはここへ運んでくれた後、付き添ってくれていたのかもしれない。

仕事があると言っていたのに大丈夫なのだろうか。

「……本当に優しいんだから」

もちろん申し訳ない気持ちもあるけれど、どうしようもなく嬉しいと思ってしまう。

温かな手を握りながら、じっとイーサンの寝顔を見つめる。

(ふふ、可愛《かわい》い。年齢よりもずっと幼く見えるわ)

過去の人生では寝室が別だったため、イーサンの寝顔を見るのは初めてだった。

美しい顔立ちの中に幼さもあって、とても可愛らしい。

睫毛《まつげ》が長いなとか、少し髪が伸びたなとか、些細《ささい》な気付きでも嬉しくて、愛おしくて仕方なくて。

「……っ」

悲しくもないのに胸が締め付けられて、視界が滲《にじ》んだ。

（大好き）

今はこんなにも近くにいるのに、イーサンがやけに遠く感じる。

「……………」

「……………」

すると不意にイーサンの目が開き、アイスブルーの瞳とばっちり視線が絡んだ。

驚きで涙もぴたりと止まり、何から伝えようかと悩んでいるうちに固まってしまい、私達の間には沈黙が流れる。

そんな中、先に口を開いたのはイーサンの方だった。

「申し訳ありません、眠ってしまっていたなんて……」

「う、ううん！　気にしないで。私こそ、いきなり倒れてしまってごめんなさい。あなたが私をここまで運んでくれたんでしょう？」

「はい。医者に診てもらったところ、身体に問題はないそうです。思い当たる原因はありますか」

「……寝不足のせいかしら」

過去に死んだ記憶を思い出してショックを受けたなんて言えるはずもなく、誤魔化してしまった。

イーサンに納得する様子はなかったものの、それ以上尋ねられることはなかった。

「そうだわ、仕事は大丈夫なの？」

「アナスタシア様をここへお運びした後、仕事に戻って、それからまた来たので問題ありません」

彼の仕事に迷惑をかけていなかったと知り、胸を撫で下ろす。

ここで寝てしまうくらい疲れていた中、戻って様子を見に来てくれたことも嬉しかった。

「本当にありがとう、イーサン。すごく嬉しいわ」

「いいえ。……あの場所に行ったら、無性にあなたの顔を見たくなったので」

イーサンの唇から、ぽつりとそんな言葉がこぼれる。

私の顔を見たいと思ってくれたことに喜んですぐ、ふと引っかかりを覚えた。

（劇場に行って、私の顔を見たくなった……？）

彼はどこか悲しげな、切なげな表情を浮かべている。

私があの場所で一度命を落としたことを、知っているはずもないのに。

（……まさかね）

ほんの一瞬あり得ない仮説が脳裏に浮かんだけれど、もしもそうだとしたらイーサンのこれまでの態度と辻褄《つじつま》が合わなくなる。

「先日の事件のこともありますし、まだしばらくは安静にしていてください」

「ええ、分かったわ」

イーサンの言葉に頷きながらも、繋がれた手はいつ離されてしまうんだろうと気になっていた。

けれど私の左手は、しっかりと彼の右手と繋がれたまま。

(この時間が、ずっと続いたらいいのに)

二度目の人生の当初の避けられていた頃と比べれば、奇跡のように思える。

改めてこの状況にドキドキしてしまっていると、じっとイーサンの視線を感じた。

「……やはりまだ具合が良くないのでは」

「えっ?」

「顔が赤いので」

これほど薄暗い中でも分かるくらい、赤面してしまっているらしい。

過去、友人達から「アナスタシアって、あまり感情を顔に出さないわよね」なんて言われていたのが嘘《うそ》みたいに、イーサンの前だと感情をコントロールできなくなる。

「それは、その……イーサンと一緒にいるのが嬉しくて恥ずかしくて、落ち着かないだけなの」

素直な気持ちを告げれば、イーサンは一瞬きょとんとした顔をした後、ふいと私から顔を背けた。

最初はこうして顔を背けられる度、嫌われているからだと思って傷付いていたけれど、今は照れているのだと分かる。

嬉しくて可愛くて、口元が緩む。

イーサンへの愛情を実感する度に、やっぱり諦められない、諦めたくないと強く思う。

まずは絶対にテオドールとの婚約を回避しなければと、改めて固く誓う。

「私、やっぱりイーサンが好き。振り向いてもらえるまで頑張るわ！」

「……っ」

そんな気持ちを口に出すと、イーサンの瞳が揺れた。

イーサンは傷付いたような顔をして黙り込んでしまって、やはり迷惑だっただろうかと不安に思っていると、繋がれたままの手がきつく握られる。

「アナスタシア様、俺は――」

「お嬢様？　目を覚まされたんですか？」

そして何かを言いかけたイーサンの声と被《かぶ》るように、ドア越しにノック音と心配げなパトリスの声が聞こえてきて、びくりと肩が跳ねた。

慌てて返事をするとドアが開き、涙目のパトリスが中へ入ってくる。

「……あっ」

心から心配してくれていたらしい彼女は、手を繋いだままの私とイーサンの顔を見比べ、分かりやすく「邪魔をしてしまった」という顔をした。

そして何もなかったかのようにそのまま後ずさって退室しようとするものだから、慌てて「だ、大丈夫だから！」と引き止めた。

「俺はそろそろ失礼します」

ゆっくり手が離され最後に指先がすり、と触れた後、イーサンは立ち上がる。

イーサンも私と離れがたいと思ってくれていたら良いのに、なんて勝手な願望を抱いてしまう。

「あの、ありがとう！　またね」

「はい」

また会う約束をしたわけでもないのに、イーサンがそう返事をしてくれただけでどうしようもなく嬉しくて、笑みがこぼれた。

◇◇◇

それから三日後の晩、体調も万全になった私は馬車に揺られ、キャンベル公爵の誕生日パーティーへと向かっていた。

（イーサンとの未来のためにも、絶対にテオドールと話をしなきゃ）

我が国で片手に教えられるほどの力を持つ、キャンベル公爵家の主《あるじ》の誕生日には毎年、我が国の主要な貴族は必ず招待されている。

もちろん筆頭公爵家の長男であるテオドールも必ず毎年参加していて、彼と話をするためだけにパトリスに着飾ってもらい、今に至る。

（……テオドールは一体、何を考えているのかしら）

手紙を何度も送っているのに返事がないなんて、明らかにおかしい。こんな強硬手段を取らなければならないくらい、私は焦っていた。

お父様の言っていた一ヶ月という期限まで、もう残り三週間ほどしかない。

このまま大人しくフォレット侯爵家に戻ってテオドールと婚約するなんて、絶対に嫌だった。

――イーサンを、諦めたくない。

数日前の出来事もあり、より強くそう思えている。

一人で会場である公爵邸のホールへ足を踏み入れると、一気に視線が集まるのを感じた。

私が社交の場に出るのはあの舞踏会――毒蛇の魔物に襲われた日以来だからだろう。

(正直まだ恐怖心はあるけれど、今夜の会場は身分の保証された人ばかりだし、陛下も顔を出されるから、安全面の問題はないはず)

私が殺されかけた話はあっという間に広まったと、ニコルからの手紙にも書いてあった。

「ねえ見て、アナスタシア様だわ。あれだけ好き勝手ゴシップ誌に書かれて、よく顔を出せたわね」

「先日も舞踏会で事件があったんでしょう？　大丈夫なのかしら」

「以前は憧れていたけれど、最近は落ちぶれたものだわ」

複数の男性と噂《うわさ》が立っている上に家出をし、殺されかけた女なんて格好の的だろう。

誰からも媚《こび》を売られていた以前とは違い、わざと小馬鹿にして私に聞こえるように話をしている令嬢達も少なくない。

（私も舐《な》められたものね）

とはいえ、私は全てを失う覚悟でイーサンに猛アタックすると決めたのだ。

これくらい全く辛《つら》くなかった。とてつもなく気が重いだけで。

「……はあ」

私の噂なんて一切気にしていないらしい公爵へ挨拶を済ませた後は、溜め息を吐《つ》きながら会場内を歩き、テオドールの姿を探す。

会場内は人が多すぎて、同じく参加しているであろうニコルやライラにも出会えていないまま。

「アナスタシア様、こんばんは。少し僕とお話ししませんか？」

「実は、ずっとアナスタシア様に憧れていまして――」

その上、これまでなら決して声をかけてこなかった身分の低い男性達にまで声をかけられ、移動するだけで一苦労だった。

この光景をお父様が見たら「お前の価値が下がったんだ」と怒り狂うに違いない。

私自身はいちいちあしらうのが面倒なだけで、全く気にしてはいないけれど。

（ようやく見つけた）

やがて会場の端で大勢の男女に囲まれる、テオドールの姿を見つけた。

いつも中心にいる彼がこんな場所にいるのを不思議に思いながらも、近づいていく。

すると周りにいた人々が私の存在に気付き、分かりやすく「あっ」という気まずそうな顔をした。

結果、すぐにテオドールもこちらを向いてくれ、蜂蜜色の彼の瞳と視線が絡む。

「アナスタシア、君も来ていたんだね」

ぱっと嬉しそうな笑みを浮かべたテオドールは、周りの人々をかき分けて私のもとへやってくる。

表情だって態度だって、先ほど周りへ向けていたものとは全く違う。

（……本当に私のことが好きなんだわ）

意識してみれば、これまで彼の気持ちに気が付いていなかったのが不思議なくらい、テオドールから好意を向けられていることを実感する。

同時にこれからする話を思うと、胸の奥がぎゅっと締め付けられた。

「ねえ、少しだけ私に時間をくれない？　あなたと二人きりで話がしたくて今日は来たの」

「僕のために？　それは熱烈なお誘いだね。嬉しいよ」

テオドールはいつも通りの爽やかな笑顔で「もちろん」と頷いてくれる。

婚約のことも、手紙のこともまるで気にしていない様子に、内心戸惑いを覚えてしまう。

「おいで、アナスタシア。庭園で話をしよう」

「あなたのパートナーは大丈夫なの？」

「そんなもの、いないよ」

私の手首を摑み、テオドールはテラスから庭園へと向かう。

周りの視線は私達とその手元に向けられており、そっと手を引き抜こうとしたけれど、更にきつく握られてそれは叶《かな》わなかった。

等間隔の温かな灯りに照らされた庭園は、幻想的な雰囲気に包まれている。

公爵夫人はとても花が好きで、国中の腕の良い庭師を集めて庭園の管理をさせているというのは、有名な話だった。

「身体は大丈夫？　本当に心配したよ」

「ええ、お蔭様で。お見舞いの品もありがとう」

私が入院している間、テオドールは心のこもった手紙や花などを何度も送ってくれていた。本当に心配してくれていたようで、今の彼からもそれは感じられる。

人気のない場所にあったベンチに彼と並んで腰を下ろした私は、早速本題に入ることにした。

「ねえ、どうして手紙の返事をくれなかったの？」

するとテオドールは驚いたように、長い睫毛に縁取られた金色の目を瞬いた。

「手紙って何のこと？」

「えっ？　ここ最近、何通もあなたに手紙を送ったんだけど……」

「本当に？　一通も届いていないよ」

予想外の展開に思わず「嘘でしょう」と呟くと、テオドールは肩を竦《すく》めてみせた。

「僕がこれまでアナスタシアからの手紙を無視したことなんてあった？　ないよね？」

「た、確かに、そうだけど……」

手紙に対して全く心当たりがないというテオドールは、むしろ無視をしていると思われていたなんて心外だと、悲しげな顔をする。

(でも、間違いなく公爵邸に届けてもらったもの)

テオドールが知らないのであれば、公爵家内で彼に手紙が渡らないようにする指示があったのだろうか。

とにかく手紙を送ったことに間違いはないと伝えれば、テオドールは調べてみると言ってくれた。

「それで、私は婚約についての話がしたくて……」

「ああ。驚かせたよね」

眉尻を下げて微笑み、テオドールは続ける。

「婚約については両親がフォレット侯爵に話をつけて、勝手に進めてしまったんだ」

「そんな……!」

「僕もいい年だから、跡取りが欲しい両親も焦っているんだと思う」

どうやらテオドールも私同様、自身の意思と関係なく婚約を決められてしまったようだった。

「でも、こんな醜聞まみれの私を相手に選ぶなんて」

「だからじゃないかな。僕もアナスタシアとのゴシップ記事のことを責められたからね。それでも僕達の場合は関係を本物にしてしまえば、問題はなくなると考えたんだろう」

テオドールの言う通り、私と結婚してしまえば彼側には何の問題もなくなる。

（それならもうテオドールに頼んだところで、婚約の話はなくならないじゃない）

状況は変わっていないどころか彼の意思ではどうにもならないと知り、悪化することとなってしまった。

それでも心のどこかで、ほっとしている自分がいた。

大切な幼馴染であるテオドールが私の気持ちを無視したのではないと、分かったからだ。

むしろ彼のことを疑ってしまった自分を恥じ、申し訳なくなる。

「ごめんね、アナスタシア。僕が両親を止められていれば、こんなことにはならなかったのに」

「そんなこと……でも、私が家出したことだって公爵様は知っているでしょう?」

「ああ。でも、アナスタシアのことは子どもの頃から知っているし、君が素敵な女性だと分かっているから、さほど気にしていないんだと思うよ」

「……そう」

確かにスティール公爵様は昔から私を評価し、可愛がってくれていた。

もちろん嬉しい気持ちはあるけれど、このままでは本当に婚約の話が進んでしまう。

「お父様には一ヶ月以内、ううん、あと三週間以内に侯爵家に戻らないとイーサンを……って脅されてしまって……」

どうしようと焦る気持ちが顔に出ていたのか、テオドールは困ったように微笑んだ。

「そんなに僕と結婚するのは嫌？」

「そういうわけじゃなくて……ただイーサンのことが好きなの。ごめんなさい」

私はテオドールを大切に思っているし、良いところだってたくさん知っている。

恋愛感情を抱くことはなくとも、彼のことは人として好きだった。

イーサンと出会う前の私なら、彼へ嫁ぐことになっても「良かった」と笑えていたに違いない。

付き合いも長くお互いをよく知っていて、育ってきた環境だって近いからこそ、上手くやっていけるという確信があったからだ。

けれど、今は違う。イーサン以外の誰かとの未来なんてもう、想像できなかった。

テオドールの気持ちに応えられないことと、なんとか婚約を阻止しようとしていることに強い罪悪感や申し訳なさを覚えているものの、こればかりは譲れそうにない。

「ねえ、アナスタシア。上位貴族として生まれて、その恩恵を受けてきた以上、気持ちだけでどうにかなる問題じゃないのは分かっているよね？」

「……ええ」

「アナスタシアの行動は、ただの我儘でしかないよ」

テオドールの厳しい言葉が胸に刺さり、返す言葉も見つからなかった。

両親がどうしようもなくとも、この国で高い身分で生まれ落ちた以上、政略結婚をするのは至極当然のことだ。

私だってイーサンと出会って恋に落ちるまでは、そう思って生きてきた。

それでもイーサンへの気持ちを捨てることも、彼との将来を諦めることもできない。

ぐっと唇を嚙むと、テオドールは私の頭をくしゃりと撫でてくれた。

「厳しいことを言ってごめんね。でも僕はアナスタシアがこれまでしてきた努力を知っているから、もどかしく思ってしまうんだ」

「テオドール……」

その優しい声音や表情からは、私のことを思ってくれているのが伝わってくる。

「僕の方でも婚約についてもう一度、両親に話をしてみるよ。君に幸せになってもらいたい気持ちはあるし、アナスタシアのことは愛しているけど、お互いに望まない形での結婚は嫌だから」

「……っ」

「僕はいつだって、アナスタシアの味方だよ」

テオドールの優しさとまっすぐな愛の言葉に胸を打たれ、目頭が熱くなる。

きっと私は彼のように、イーサンの幸せを望むことなんてできない。テオドールは私なんかを好きでいてくれるのが本当にもったいないくらい素敵な人だと、改めて思う。

私は目の前に立つテオドールの手を取ると、両手でそっと握りしめ、彼を見上げた。

「ありがとう、話ができて良かったわ。あなたのことを疑ったりして本当にごめんなさい」

「僕もだよ。何かあったらいつでも言ってほしい」

柔らかく黄金の目を細めるテオドールは、私の手を優しく握り返してくれる。

今日で解決はできなかったけれど、明日からまた私なりにできることをしようと、前向きな気持ちになれた気がする。

「ねえ、テオドール。私は今も昔も、テオドールのことをとても大切に思っているから」

同じ気持ちは返せなくとも、それは変わらない。

真剣にそう告げると、テオドールは両目を見開いた後、ふっと笑う。

「僕もだよ。アナスタシア」

その後、テオドールは会場の外まで見送ってくれ、私は帰路に就いたのだった。

◆◆◆

アナスタシアが乗った馬車が見えなくなると、再び会場である公爵邸へと向かう。

大広間には戻らず廊下を抜けていき、休憩室へ足を踏み入れてソファに腰を下ろす。

テーブルの上にあった年代物のウイスキーをグラスに流し入れると、苛立ちを押し込めるように喉に流し込んだ。

『……ただイーサンのことが好きなの』

あんなにも誰かを愛おしげに想うアナスタシアを、初めて見た。

幼い頃から一緒にいて、彼女のことなら全て知っていると自負していたのに。

あの男が現れてからというもの、俺が知るアナスタシアはたった一部でしかなかったのだと思い知らされていた。

「……俺はこんなにも、アナスタシアを愛しているのに」

彼女の美しい紅色の瞳に、俺は一切映っていない。

それがどうしようもなくもどかしくて悲しくて、虚《むな》しくて、憎かった。

――初めて会ったのは五歳の頃、両親に連れられて彼女が公爵邸へやってきた日のことだった。

『はじめまして、テオドールさま。アナスタシア・フォレットともうします』

愛らしい笑顔を向けられた瞬間、彼女ほど美しいものは存在しないだろうと、本気で思った。

それから十五年経った今も、その気持ちは変わらない。

アナスタシアはこの世の誰よりも、どんなものよりも綺麗だった。

容姿だけでなく、自分の価値を全て理解している気高さも、それによって溢れる自信も、彼女の魅力を引き立てていた。

成長していくにつれてその美貌は更に輝き、そんなアナスタシアに焦がれる男は後を絶たず、国内外から彼女を妻にと求める声はやまない。

『ねえ、テオドール！　一緒に行きましょう？　私はあなたがいいわ』

だが彼女は誰にも興味を示さなかったし、一番側にいる男は俺だという確信もあった。

アナスタシアの隣に堂々と立てる身分に生まれ落ちたことを神に感謝しながら、彼女を娶《めと》るため、強欲で愚かなフォレット侯爵を説得するため、必死に努力を重ねてきた。

『僕はいつだってアナスタシアしか見ていないよ』

『あなたってくだらない冗談が好きね』

アナスタシアが俺の気持ちに気が付いていないことも、俺に対して恋愛感情を抱いていないことも分かっていた。

それでも彼女から最も信頼され、好かれている異性だという自覚はあったし、とにかく今すべきは彼女との婚約を取り付けることだ。

アナスタシアの気持ちは、時間をかけて後からついてきてくれればいい。

——そう、思っていたのに。


『……は？　アナスタシアが平民上がりの騎士に告白した？』

そんな話を聞いた時は、自分の耳を疑った。

まさかあり得ないと笑い飛ばしたが、それからすぐに彼女が侯爵家を出て一人で暮らし始めたと聞き、彼女からそんな内容が綴《つづ》られた手紙が来て事実だと知った。

（気の迷いにしたって、どうかしているとしか思えない）

身分至上主義のフォレット侯爵家に生まれ、王族からも望まれるような彼女がそんな男のために何もかもを捨てるなんて、信じられなかった。

『イーサン・レイクス二十歳、両親共に農民で、剣の腕だけで成り上がってきた男です。騎士団に入団後、古代竜を討伐したことで騎士団長の地位にまで上りつめました。実力は本物のようです』

調べさせたところ、育ちの悪い学もないただの卑しい男だった。

容姿は良いが、アナスタシアはそれだけで惹《ひ》かれたとは思えない。

(そもそもイーサン・レイクスという男と、アナスタシアはこれまで関わりがなかったはずだ)

幼い頃から彼女の側にいて、彼女に近づく男を調べ牽制《けんせい》してきたのだから、間違いはない。

だが過去、彼女と一緒に街中に出かけた際、突然泣き出したことがあった。

『う……っく……』

『アナスタシア？　どうした？』

彼女の視線の先にいた騎士こそが、イーサン・レイクスだったのだろう。

つまりあの時にはもう気の強い彼女が一目見て涙を流すほど、あの男を愛していたことになる。

分からないこと、信じられないことばかりだが、アナスタシアには心底落胆した。

穢《けが》れた血が流れる男に懸想する、ただの愚かな女に成り下がってしまったのだから。

『きっと君は疲れているんだよ。王族に嫁ぐのは嫌だとは言っていたけれど、極端すぎる』

『ううん、そんなことない。ただイーサン様が好きなの』

彼女に直接そう告げられた時だって、呆れや怒りなど様々な感情が込み上げてきたが、一番に感じたのは間違いなく「嫉妬」だった。

『君が好きなんだ』

『僕を選んで。絶対に幸せにするから』

結局アナスタシアがいくら過ちを犯しても、彼女への愛情が失われることはなかった。

むしろ、他の男を愛し愚かな行動を繰り返す姿を見ても愛しいと思えたことで、どれほどアナスタシアを愛しているのかを痛感したくらいだ。

しかしながら俺の必死の告白も彼女には届かず、アナスタシアは辛そうな顔をするだけ。

彼女は本当にあの男を想っていて、その考えは変わらない。

(それでも俺は、アナスタシアが欲しい)

アナスタシア以外の女性を、異性だとは思えなかった。彼女以外は汚らわしく、美しいとさえ思えない。俺はどこまでもアナスタシアに毒されていたらしい。

一方、イーサン・レイクスはアナスタシアを愛しているという顔をしながらも、彼女を拒否するのだから苛立ちは収まらない。

好都合ではあるものの、あんな男がアナスタシアを拒むなんてことも許せない。

彼女の価値がどんどん落ちていくのを感じる度に、頭がどうにかなりそうだった。

――アナスタシアは、誰よりも完璧でなくてはならないのに。

舞踏会で俺が彼女に触れていた際、奪うように彼女を抱きしめ、明らかな敵意を含む眼差しを向けられたことを思い出すと、腹の底から怒りが込み上げてくる。

（身のほど知らずのあの男を、殺してやりたい）

腹の底から、焼けるような焦燥感と苛立ちが込み上げてくる。

ウイスキーの入ったグラスを壁に叩《たた》き付ければ、ガシャンと派手な大きな音が室内に響く。

少し冷静になろうと、煙草の葉が詰まったパイプに魔法で火をつけた。直後、ノック音が聞こえてきた。

「テオドール様、こちらにいらしたんですね」

「……ああ」

そうして中へ入ってきたのは、伯爵令嬢であるルアーナ・トウラーだった。

ルアーナは割れたグラスを見ても表情ひとつ変えることなく、側へ近づいてくる。

俺の隣に腰を下ろすと、真っ赤な唇で弧を描いた。

「アナスタシア様と何かあったのですか？」

「……早くイーサン・レイクスをアナスタシアから引き離してくれ」

「はい、もちろんです」

答えになっていない返事をしてもルアーナは当然だというように頷き、お任せくださいと言って微笑んでみせる。

――ルアーナは俺に心酔しており、俺の言うことなら何でも聞く女だった。

俺に想いを寄せているのに、俺がアナスタシアを愛していると知った上で、俺とアナスタシアが結ばれるために動くのだから、どうかしているとしか思えない。

だがアナスタシアを手に入れるためなら、使えるものは全て使うつもりだった。

「私とイーサン・レイクスが親しいという噂も社交界にだいぶ広まっていますし、お父様も私とイーサンの婚約について陛下に協力を仰いでくださるよう動いてくださっています」

「そうか」

当初、ルアーナにイーサン・レイクスを誘惑してアナスタシアから引き離せと命じた時、あの男は女性との関わりが一切なく、取り入るのも困難だろうと思っていた。

だがルアーナは平民や孤児院への支援をすることであの男の心を掴み、近づいてみせた。

想像していた以上に使えるらしく、今はそれなりに期待している。

「私、テオドール様のお役に立てていますか？」

「ああ、ありがとう」

そう言って頭を撫でてやればルアーナは恍惚《こうこつ》とした表情を浮かべ、俺の腕にするりと自身の腕を絡ませた。甘ったるい香水の匂いが鼻をつき、不快感を抱く。

それでもルアーナが好きだと言っていた笑顔は張り付けたまま。

（……ああ、アナスタシアに会いたい）

彼女はこんな愚かな女とは違う。比べ物にすらならない。

神に愛されて生まれてきたアナスタシアは、何よりも誰よりも美しくて高貴な存在だった。

(だが、あの男がアナスタシアを狂わせた)

イーサン・レイクスという男に懸想してからというもの、アナスタシアは変わってしまった。

他人に心を許さなかった彼女の気高さは消え失《う》せ、あの男が平民上がりのせいか、卑しい身分の人間にまで優しさを向けるようになったのだから。

「そういえばアナスタシア様は先日、魔物に襲われたんでしょう?」

「アナスタシアを妬む人間は昔から後を絶たないんだ。どうせ嫉妬を拗《こじ》らせた馬鹿な女が仕組んだことだろう。そんな愚かな真似をする人間を殺してやりたいよ」

妬む人間だけでなく、彼女の周りには昔から厄介な人間が多く集まった。

特に美しい彼女に執着した男が面倒で、匿名でアナスタシアに好意を綴った気色の悪い手紙を毎日のように送ったり、時には求婚を断った腹いせに嫌がらせをしたりすることもあった。

その度に俺が犯人を突き止めては、二度とアナスタシアに関わることがないよう——貴族社会にいられなくなるよう、裏で手を回していた。

「アナスタシア様は何でも持っていて、誰もが羨む存在ですものね。私だってそうです」

だが、このタイミングで彼女が殺されかけたことに対して少しの違和感があった。

もしも嫉妬が理由だとすれば、イーサン・レイクスに懸想し、社交界での評判も落ちている今の彼女をわざわざ殺そうとする必要があるのだろうか。

「お前だって周りからすればそうだろう。それとも何か欲しいものがあるのなら、俺が用意するよ。いつも俺のために頑張ってくれているから」

「ふふ、私はこうして少しでもテオドール様のお側にいられるだけで良いんです。テオドール様は本来、私なんかが触れられるようなお方ではありませんから」

心の底から幸せだという顔をして笑ってみせるルアーナは、本当に愚かな女だと思う。

俺のために他の男を誘惑し、簡単に何もかもを捨ててみせるのだから。

それでも、ルアーナに情を抱くこともない。

「……俺がイーサン・レイクスを殺せと言ったら、どうする？」

「必ず殺してみせます」

一切の迷いなく頷くルアーナに、ふっと口元が緩むのが分かった。

「俺はお前のそういうところが好きなんだ」

盲目的で何よりも使いやすい道具としては、これ以上ないくらいに。

俺の言葉に、ルアーナは熱を帯びた深緑の瞳を嬉しそうに細めた。

そんな姿を見ても、これがアナスタシアだったら良かったのに、なんて感想を抱く。

『あなたのことを疑ったりして本当にごめんなさい』

『私は今も昔も、テオドールのことをとても大切に思っているから』

俺が両親と侯爵を利用して婚約を進めた張本人だと知ったら、アナスタシアはどんな顔をするだろうか。

彼女にとっての俺は、今も優しい理解のある幼馴染のままなのだろう。

(絶対に逃がしてやらない)

どんなことをしてでも、必ずアナスタシアを手に入れてみせる。

俺が彼女へ向ける感情はもう愛情なんて言葉では表せないくらい重く暗く、歪んでいた。

「あの、テオドール様——っ」

噛み付くようにルアーナの唇を塞ぐと、彼女はすぐに俺の首に腕を回し、舌を絡めてくる。

「んっ……ふ……」

一刻も早く、アナスタシアの目を覚ましてやらなければ。

——彼女を誰よりも愛していて、幸せにできるのは俺なのだから。

そんなことを考えながら、ルアーナの長い金髪をくしゃりと握りしめた。

第二章

白と金を基調としたお洒落《しゃれ》で高級感溢れるカフェの静かな店内で、私はテーブルに肘をつき、大きな溜め息を吐いていた。

もうお父様の言う一ヶ月まで、あと二週間しかない。

けれど全く解決策は見つからないままで、途方に暮れていた。

「アナスタシア」

顔を上げると笑顔で手を振りながら、テオドールがこちらへやってくるのが見えた。

今日はテオドールから「婚約について改めて話をしよう」と誘われて来ていた。

「ごめんね、待たせた？」

「ううん、大丈夫よ。素敵なお店ね」

テオドールが指定してくれた初めて来る店だけれど、雰囲気も客層も良い。

先日行ったカフェとは大違いだと思い返すと、なんだかあの店が恋しくなって笑みがこぼれた。

「この紅茶とケーキがおすすめだよ。アナスタシアは絶対に好きだと思うな」

「ふふ、じゃあそれにするわ」

幼い頃からの付き合いということもあって、テオドールは私のことをよく理解してくれている。一緒にいて気も遣わないし、自分らしくいられる。

「わ、本当に美味しい。すっごく好みの味」

すぐに届いた紅茶もケーキも美味しくて、驚いてしまう。

何より見栄え良くてついはしゃいでしまう私を見て、向かいに座るテオドールはくすっと笑う。

「可愛いね、アナスタシアは。本当に可愛い」

「……っ」

嬉しそうな眩《まぶ》しい笑顔と甘い言葉に、近くの席に座る女性達が息を呑《の》んだのが視界の端に見えた。

彼が今、社交界では一番女性から人気がある男性だというのも知っていた。

(どうして私なんかを好きなのかしら)

本当にもったいないと思いながら、ティーカップに口を付ける。

今のはさすがの私も、ほんの少しだけドキッとしてしまった。

「それで、ご両親はなんて?」

「ああ、ごめんね。やっぱり両親の気持ちは変わらないみたいだ」

「そう。あなたのせいじゃないんだし、仕方ないわ」

テオドールは公爵夫妻に婚約の撤回を求めてくれたものの、やはり難しかったそうだ。

申し訳なさそうな様子のテオドールに、心が痛む。

これ以上テオドールに迷惑をかけるわけにはいかないし、あとは自分一人でなんとかしようと決意した時だった。

店の入り口から軽い鐘の音が聞こえ、来客を知らせる。

テオドールが現れた時と同様に、周囲の女性達が色めきたつ。

一体どれほどの美形がやってきたのかとティーカップ片手に何気なく視線を向けた私は、思わずカップを落としそうになった。

「……ど、して」

そこにいたのは見間違うはずもない愛する彼と、ルアーナ様だったからだ。

舞踏会で一緒にいる姿を見かけたことはあったけれど、こうして二人が一緒に出かけている姿を目の当たりにすると悲しくて胸が苦しくて、頭が真っ白になる。

ルアーナ様の白く細い腕は当然のようにイーサンの腕に回されていて、余計に泣きたくなった。

「まあ、お似合いの恋人同士ね」

隣の席の女性の何気ない言葉が胸を貫き、じくじくと痛む。

彼女の言う通り、イーサンとルアーナ様はどう見ても仲睦《なかむつ》まじい恋人同士にしか見えなかった。

(なんで？　いつの間にそんなに親しくなったの……？)

以前見た時よりもずっと、二人の距離は縮まっているように見える。

イーサンは特別な女性がいる中で、私に「イーサン」と呼んでいいなんて言うような人ではないことも分かっている。

カフェで隣に座ったり、部屋で手を握って側にいたりもしない。

だからこそ、余計に困惑してしまう。

指先ひとつ動かせないまま目を逸らせずにいると、不意にイーサンがこちらを向いた。

彼も私がここにいるなんて想像していなかったようで、ガラス玉に似た両目を見開く。

「イーサン様？　どうかされましたか？」

そんなイーサンに気付いたらしいルアーナ様は、彼の視線を辿《たど》り、やがて目が合った。

「アナスタシア、様……」

小さな唇が、戸惑いながら私の名前を紡ぐ。

怯《おび》えるような様子を見せた彼女は、イーサンの腕にぎゅっと自身の腕を絡めた。そうされても当然のように受け入れているイーサンの姿にまた、胸が張り裂けそうになる。

「彼女、アナスタシアの知り合い？」

「そういうわけじゃ、ないんだけど……」

心配げな眼差しを向けてくるテオドールは、やはりルアーナ様を知らないという顔をする。

けれど以前、路地裏で見かけた二人は親しげだったこともあり、引っかかりを覚えてしまう。

私だけでなくパトリスもヘルカも見ていたから、見間違いなんかではないはず。

なぜそんな態度を取るのか尋ねようとしたけれど、ルアーナ様とイーサンがこちらへ向かってくるのが見えて、開きかけた唇をぐっと噛み締めた。

(どうしてこっちに来るの……?)

心臓が大きな嫌な音を立て、息苦しくなっていく。

ルアーナ様が私の目の前で足を止めると、イーサンも合わせて歩みを止めた。

イーサンは俯いていて、表情はよく見えない。

一方のルアーナ様は緊張した表情を浮かべ、エメラルドの瞳で私をまっすぐに見つめている。

「初めまして、アナスタシア様。私はルアーナ・トウラーと申します」

近くで見るのは初めてだったけれど、とても綺麗だと思った。

腰まである緩やかなウェーブがかかった金髪も、小さな顔の上に正しい位置に並ぶ大きな目や鼻筋の通った鼻も、形の良い桃色の唇も、何もかもが。

私はいつだって自分が一番美しいと信じて疑わなかったけれど、彼女を見ていると、そんな自信もなくなっていく。

「アナスタシアに何の用ですか」

何も言えずにいる私の代わりに、テオドールがそう尋ねてくれる。

ルアーナ様はこくりと喉を鳴らした後、静かに口を開いた。

「私、婚約することになったんです。イーサン様と」

「えっ？」

そう告げられた瞬間、頭の中が真っ白になった。

信じられなくて信じたくなくて、イーサンへ視線を向ける。けれど彼はなおも俯いたまま。

「アナスタシア様がイーサン様をお慕いしているというのは、噂で聞きました」

「……っ」

「美しくて魅力的な方ですから、私も不安になってしまって……不躾なお願いだとは承知の上で、もうイーサン様には関わらないでいただきたいんです」

何か言わなきゃと思っても、喉が詰まったみたいに言葉が出てこなくなる。

全てが突然で理解が追いつかず、私はただ膝の上できつく手を握りしめることしかできない。

（どうして何も言ってくれないの？　イーサンもそれを望んでいるから？）

ルアーナ様の言葉を否定しないのは、彼女と婚約するという話は事実で、私と今後関わらないことも受け入れているからに違いない。

あの日、私はイーサンに「またね」と言って別れたものの、こんな形なんて望んでいなかった。

頭の中も心の中もぐちゃぐちゃだったけれど、ひとつだけ分かったのはこれから先、イーサンの隣にいるのはもう私ではないということだけだった。

「……アナスタシア」

テオドールがハンカチを取り出し、そっと目元を拭ってくれたことで、私は自分が泣いていることに気が付いた。

拭いきれなかった涙が頬を伝い、ぽたぽたとドレスに染みを作っていく。

「ごめんなさい、私……」

私が泣き出してしまったことで、ルアーナ様も罪悪感を抱いたらしい。

謝罪の言葉を紡ぎながら、彼女もまた泣きそうな顔をしていた。愛する婚約者に他の女性が近づいてほしくないと思うのは当たり前のことで、ルアーナ様は何も悪くない。

二人はこれから幸せになるのだから、私が「分かった」と言えば、全部上手くいく。

侯爵家に戻らない理由もなくなるし、お父様のことだって解決する。

そう、分かっているのに。

「……やだ、おねがい……っやだ……」

そんな言葉と涙が溢れて止まらなくなった。

(なんて情けなくて、惨めなの)

どうしてもイーサンと関わらないだなんて言えなくて、きつく唇を噛み締める。

この先、イーサンがルアーナ様に愛おしげな眼差しを向け、愛を囁《ささや》き、優しい手つきで触れると思うと心臓が押し潰されそうになってしまう。

ただ嫌だと駄々をこねる子どもみたいに繰り返すだけの自分が、心底嫌になる。

「イーサン、お願い……」

「……っ」

「どうしようもなく、っ好きなの……イーサン……」

掠《かす》れた声で、縋《すが》るように名前を呼ぶ。

「――――」

イーサンの手がぴくりと小さく跳ね、こちらへ向かって伸ばされかけた時だった。

「アナスタシア、おいで」

立ち上がったテオドールが私とイーサンの間に入り、泣きじゃくる私の手を取る。

ぐいと手を引かれて立ち上がらされ、抱きしめるように支えられた。

「やだ、ねえ、離して！」

「すまない、失礼するよ」

抵抗する私を押さえ付け、テオドールは二人にそう告げる。

「待ってってば、テオドール！」

「待たない」

そのまま無理やり外へ連れていかれた私は、店と店の間の路地の壁に押し付けられた。

「テオドール、どうして……」

「アナスタシア」

低い声で名前を呼ばれ、冷えきった視線で射貫《いぬ》かれ、息を呑む。

初めて見る幼馴染の様子に、頭に上っていた血が少しずつ落ち着いていくのが分かった。

「いい加減、諦めた方がいい。彼だって愛する女性と一緒になりたいはずだ」

テオドールの言葉がナイフのように胸に突き刺さり、抉《えぐ》られるように痛む。

(……今世でイーサンが好きなのは、私じゃない)

結局、何もかも私の独りよがりでしかなくて、一度目の人生のようには戻れない。

もうイーサンに愛されることはないのだと、思い知る。

「彼のことを思うなら、身を引くべきだよ」

「……っう……」

涙が再び溢れて止まらなくなっていると、テオドールに抱き寄せられた。先ほどとは全く違う幼子をあやすような声音や手つきで、そっと背中を撫でられる。

こんな風に触れられていてはいけない、イーサン以外は嫌だと思いテオドールの胸元を押しても、よりきつく抱きしめられてしまう。

「……おねが……はなして……」

「大丈夫、僕が支え続けるから。……元のアナスタシアに戻るまで」

イーサンとは違う香りや温《ぬく》もりに包まれながら、いつまでも涙は止まりそうになかった。

◇◇◇

「お嬢様、少しはお食事を取らないと倒れてしまいますよ」

「……食欲がないの」

暗い部屋の中でベッドの上にうずくまる私に、パトリスは悲しげな眼差しを向けている。

心から心配してくれているのは分かっていても、胸が詰まったように苦しくて、何かを食べられるような気分ではなかった。

（イーサンは今も、ルアーナ様と一緒にいるのかしら）

二人が一緒にいる姿を想像するだけで、また目からは涙が溢れてくる。

カフェで婚約すると聞いてから数日が経つけれど、私はずっと自室にこもり、泣き腫らしていた。

イーサンのことをどれほど好きだったのかを改めて思い知る度、彼に愛されていた前世の愚かな自分が憎くて、悔やんでも悔やみきれず、ただ泣くことしかできずにいる。

「……修道院に入ろうかしら」

イーサンとの未来を失った今、このままお父様の言う通りにするくらいなら修道院に入り、やり直しのチャンスをくださった神に感謝して生きていくのもいいかもしれない。

ぽつりと呟くと、パトリスの手から水差しが落ち、ガシャンという音が響いた。

「お嬢様、そこまでレイクス卿のことを……」

よろよろと私の方へ歩いてくると、パトリスは私の両腕をきつく掴む。

悲しみに暮れている理由は話していなかったものの、イーサン絡みだと察していたのだろう。

「その場合は私もお供します」

「パトリス……」

両目に涙を浮かべたパトリスの優しさに、胸が熱くなる。

前世も今世もずっと私を支えてくれている彼女には、幸せになってほしい。いつか平和な家庭を築くのが夢で、子どもは二人ほしいと言っていたのに。

(パトリスを巻き込むわけにはいかないわ)

私がいつまでもうじうじしていては、彼女だけでなくヘルカやブラムだって不安になるはず。

「ごめんなさいね、パトリス。今のは忘れてちょうだい。それと、少し休むわ」

「お嬢様……何かあればすぐに呼んでくださいね」

パトリスは心配げな表情を浮かべたまま、部屋を出ていく。

(このままじゃいけないと分かっていても、立ち直るなんてできそうにない)

きっと今日もこうしてベッドの中で泣いて終わってしまうだろうと、一人きりになった部屋で、どこか諦めたような気持ちになっていた、のに。

「アナスタシア、私よ。入ってもいい？」

「……ニコル？」

「ええ。ライラも一緒よ」

それから数時間後、ノック音と共に聞こえてきたのは、なんと友人のニコルの声だった。

突然のことに戸惑いながらも、きっとパトリスが連絡してくれて、心配した二人がお見舞いに来てくれたのだろうと察しがついた。

正直、誰にも会いたくない気分だったけれど、こうして来てくれた友人達を追い返すことなんてできるはずもない。

「どうぞ」

ゆっくりと身体を起こして掠れた声でそう言うと、すぐに二人は部屋の中へ入ってきた。

「やだ、真っ暗じゃない。カーテン開けるわよ！」

ニコルは真っ先に窓へ向かうと、シャッと勢いよくカーテンを開けていく。

突然眩しい光が差し込み、暗闇に慣れていた目をきつく閉じる。

「太陽の光を浴びないと、人ってどんどん陰気になっていくんだから」

「もう、ニコル様ったら。アナスタシア様、大丈夫ですか？」

「え、ええ。大丈夫よ」

まばたきを何度か繰り返すうちに目が慣れてきて、やがてベッドの側の椅子に腰かけたニコルとライラと視線が絡んだ。

ニコルはじっと私の顔を見ていたけれど、やがて「はあ」と息を吐いた。

「ぼさぼさの髪と青白い顔、泣き腫らした目でもまだ可愛いなんてすごいわ。少し腹が立つもの」

「……ふふ、何よそれ」

いきなり何を言い出すのかと思いながらも、ニコルらしくて思わず噴き出してしまう。

そんな私の様子を見て、二人も安心したように顔を見合わせた。

「パトリスさんからアナスタシアが塞ぎ込んでいるって連絡をもらってね。きっとレイクス卿と何かあったんだろうって、心配になって二人で急いで来たの」

「ええ、居ても立ってても居られなくて……突然ごめんなさい。私達でよければ、話を聞かせてくださいませんか？」

「ニコル、ライラ……」

友人達の優しさが嬉しくて、また涙腺が緩む。

私はネグリジェの袖で目元を拭うと、先日の出来事を二人に話し始めた。


「――何よそれ、信じられない！　今から二人とも殴ってくるわ！」

「ニ、ニコル、落ち着いて……！」

私の話を聞き終えた後、心底怒った様子で椅子から立ち上がったニコルの腕を慌てて掴む。

「だって、そんなの酷いじゃない！　散々アナスタシアに期待を持たせるような態度を取っておきながら、他の女性と婚約だなんて。ルアーナ様もルアーナ様だわ！　アナスタシアが可哀想《かわいそう》よ！」

「ええ。絶対に許せませんわ」

ニコルだけではなくライラも静かに怒っていて、胸の奥がぎゅっと締め付けられた。二人の怒りは私を思ってくれているからこそだというのが、すごく伝わってくる。

その様子を見ていると、救われるような気持ちになった。

「二人が怒ってくれて、すごくすっきりしたわ。ありがとう」

「私はもやもやし続けていますよ」

「ふふ、ごめんなさい」

頬を膨らませたライラが可愛らしくて、小さく笑みがこぼれる。いつも穏やかなライラがこんなにも怒っているのは、初めて見た気がする。

私はライラの右手を両手で包むと「ありがとう」と、彼女の目を見て伝えた。

「きっと何か事情があると思うの。イーサンは理由なくあんなことをしたりしないから」

「ねえ、アナスタシアって、どうしてそこまでレイクス卿を信じられるの？」

ニコルの疑問も当然だろう。

彼女達は少し前まで、私とイーサンが話をしたこともなかったと知っているのだから。

「……イーサンは、私を変えてくれた人なの」

彼ほど優しくて誠実な人はいないと断言できるくらい、イーサンは素敵な人だった。

高飛車で傲慢だった私を、そして空っぽだった私の人生を彼は変えてくれた。

イーサンに出会っていなければ、きっと私は両親の言うことだけを聞き、自分の意思なんてないまま生涯を終えていただろう。

「アナスタシアにそんな顔をされたら、何も言えなくなっちゃうわ」

ニコルは肩を竦めると大きな溜め息を吐き、再び椅子に座ってくれた。

「ごめんなさい。二人がこうして来てくれて本当に嬉しいわ、ありがとう」

「私なんて昼からゆっくりお風呂に入っている時に連絡がきて、慌てて支度したんだから。ライラだってお母様とのお出かけをキャンセルしたそうよ」

「本当に？」

もちろん元々仲は良かったけれど、前回の人生では二人がこうして急ぎ会いに来てくれるほどの友情は築けていなかったように思う。

「どうして、そこまで……」

心の底から嬉しいものの戸惑いを隠せずにいる私を見て、ライラは眉尻を下げて微笑んだ。

「アナスタシア様の変化に私達、感動したんです」

「感動……？」

「はい。アナスタシア様が一生懸命、レイクス卿にアタックする姿が眩しくて。きっと辛くて悲しくて、悔しくて恥ずかしい思いだってたくさんしているはずなのに、それでもひたむきに頑張る姿にたくさん勇気をもらいました」

「ライラ……」

「……私はずっと流されるように生きてばかりで、何かを自分で決めたりすることなんてほとんどありませんでしたから」

実は孤児院に行ったのも、私の変化がきっかけだと教えてくれた。以前から孤児院について調べていて行きたいと思っていたものの、両親や周りの目が怖くて行動に出られなかったのだと。

「そうそう。嫌だなってことがあっても、アナスタシアも頑張っているし、って思えるもの」

「……っ」

自分の変化が誰かの勇気や変化に繋がるなんて、考えてもみなかった。

(たとえイーサンが振り向いてくれなくても、私のこれまでの日々は無駄じゃなかった)

二人の言葉に心が揺さぶられ、嬉しくて仕方なくて、再び両目からは涙がこぼれ落ちていく。

先ほどまでの暗い部屋で一人流していたものとは違う、温かい涙だった。

私はベッドから立ち上がると両手を広げ、二人にぎゅっと抱きついた。

「……私ね、二人ともう一度会えてこうして仲良くなれただけで、やり直せて良かった」

「何の話?　変なアナスタシア」

「ふふ、何でもない」

「私もアナスタシア様に会えて嬉しいですよ」

同じくらいぎゅっと抱きしめ返してくれる二人に、笑みがこぼれる。

――まだまだイーサンのことを思うと今も涙が出そうになるし、きっとこの先もずっとずっと、もしかすると一生、私は悲しくて辛くて苦しい思いをするのだろう。

それでもニコルとライラのお蔭で、前を向くことができたように思う。

これから先も、二人の言葉に恥じないような生き方をしたい。

「本当にありがとう、大好きよ」

そして私を励ましてくれた二人に何かあった時には、絶対に力になりたい。

そのためにもまずはしっかりしなければと、気合を入れるように私は両手で頬を叩いた。

ニコルとライラを玄関まで見送った後は居間に行き、パトリスとヘルカ、ブラムにここ数日、部屋にこもりっきりで心配をかけてしまったことを謝った。

何があったのかは話していなかったものの、イーサン絡みだと察していたのだろう。

「団長に何かされたのであれば、言ってくださいね」

「ふふ、ありがとう」

ぐっと右拳を握りしめてそう言ったヘルカは、同じ考えに至っていたニコルとも良い友人になれるかもしれないと、口元が緩む。

「それとニコル達にも連絡をしてくれてありがとう、パトリス」

「いいえ。お嬢様が元気になってくださったなら良かったです」

「とりあえず食事をして手紙を書くから、準備をしてもらえる？」

「はい、かしこまりました」

私が数日ぶりに前向きな様子を見せたことで、パトリスも安堵したように微笑んだ。

その後は四人で仲良く食事を取り、お調子者のブラムの楽しい話を聞き、ヘルカやパトリスの気遣いのお蔭もあって、更に元気が出た。

やはり部屋に一人でこもっているというのは良くなかったし、食事もきちんと取らなければ頭も働かないと、この数日間を反省した。

「結婚を約束していた幼馴染の恋人が、親父と浮気してた話でもしましょうか？　俺より悲惨な奴はあんまりいないって言われるんで、元気が出るかも」

「ええっ」

「ブラムはこう見えて、多くの修羅場をくぐってきていますからね」

ヘルカとブラムは護衛同士、話す機会も多いらしく、これまでブラムが経験した恐ろしい話を色々と聞いているらしい。

「あの時は辛かったですけど、なんだかんだ時間が解決してくれることもありますよ」

弟キャラだと思っていたブラムが、急に私よりもずっと大人に見えてくる。いつも明るい彼にそんな顔があったなんて、想像すらしていなかった。

つい先ほどまでは私が世界で一番辛い思いをしているくらいの気持ちだったけれど、みんなそれぞれ辛い過去を乗り越えて、前を向いているのかもしれない。

「お嬢様がしたいことがあれば、何でもお付き合いします」

「ええ、食べたいものなんかもあったら、いつでも言ってくださいね」

「……ありがとう、みんな」

これ以上、優しくて大切な三人に心配はかけたくない。

三人にお礼を告げると私は自室へ戻り、ペンを手に取った。

（絶対に私は、お父様の言いなりになんてならない）

イーサンと結婚できなくなっても、絶対にフォレット侯爵家に戻ったりはしない。

テオドールのことも友人として、幼馴染として大切に思っているし、彼と結婚すれば『誰からも羨まれる幸せな花嫁』になれるのかもしれない。

それでも私は生涯、イーサン以外の妻になるつもりはなかった。

まずはお父様宛の手紙に、家には絶対に戻らないこと、イーサンは別の女性と婚約するため、私とは無関係であることを綴っていく。

次にテオドールには改めてこれまでのお礼の言葉、そして私は生涯誰とも結婚するつもりはないということを認めた。

三通目であるイーサンへの手紙には、これまで迷惑をかけてしまったこと、先日あんな風に泣いて縋ってしまったことに対する謝罪を便箋に書いた。

そして最後に「本当に大好きだった」「幸せになってほしい」という心からの気持ちを少し震える字で綴り、封筒にそっとしまう。

（……そういえば、イーサンに手紙を書くのは初めてだわ）

前回の人生で彼はいつも、私の書く字が綺麗でとても好きだと言ってくれていた。

こんな形で最初で最後の手紙を書くくらいなら、もっと手紙を書けばよかった。

好きだって、素直に伝えればよかった。

「……っ、……う……」

やっぱり辛くて悲しくて後悔は止まらなくて、いくら時間が経ってもイーサンへの気持ちが薄れることなんてない気がする。

それでもイーサンの幸せを壊してまで、彼と一緒になりたいとは思わなかった。

（王都を離れて、どこか別の場所で人生を一から始めてみるのもいいかもしれない）

イーサン宛の手紙をそっと抱きしめた後、三通全て届けるようパトリスにお願いしたのだった。

◇◇◇

手紙を送ってから二日が経った、週末の夕方。

「アナスタシア！　いるんだろう！　出てきなさい！」

ドンドンと玄関のドアを思いきり殴る音とお父様の怒鳴り声が、屋敷に響いている。

もう何があっても私が家に戻らないと察し、公爵家の手前、無理やり迎えに来たに違いない。

私はパトリスやヘルカと目配せをすると、肩を竦めた。

「……どうしましょう？」

「そのうち乗り込んできそうな勢いですね。追い返しますか？」

「うーん……あまり派手にやると面倒なことになりそうだし……」

とはいえ、本当にこのままでは侯爵家の騎士を使って、ドアを蹴破ってでも乗り込んできそうだ。

このまま捕まって強制的に連れ戻されるのは嫌だし、ひとまず裏口から逃げ出すことにした。

「今夜は夜会に参加する予定でしょう？　大丈夫なんですか？」

「ええ。ドレスショップで一式買って、そのまま身支度をしてもらって向かうわ」

心配してくれるパトリスに「大丈夫」と笑顔を返す。お父様に捕まってしまっては、身支度どころか解放してもらえないだろう。

何より今日はライラの家で催される夜会だし、絶対に参加したい。

「分かりました。私は万が一、侯爵様が中へ入ってきた際、お嬢様は一週間ほどお出かけしていると適当にお伝えしておきますね」

「ありがとう！」

パトリスはそう言うと、笑顔で送り出してくれる。

「アナスタシア様、こちらです」

裏口から路地裏に出た後、ブラムに手を引かれて走り出す。

ブラムはこのあたりの抜け道に詳しいらしく、通ったことのない汚くて狭い道を必死に駆けていく。

「……ふふっ」

なんだか物語の逃亡シーンみたいで、楽しくなってくる。苦しいながらも思いきり走っていると、ここ最近の憂鬱な気分が吹き飛んでいく気がした。

そうして暗い道を抜けて大通りに出て足を止めた後、胸に手を当てて乱れた呼吸を整える。

「アナスタシア様、大丈夫ですか？」

「ええ、楽しかったわ」

「それは良かったです」

ブラムと笑い合うと、私は彼と共にドレスショップへと向かったのだった。

それから二時間後、ドレスに身を包んでばっちり身支度を整えた私は、ブラムと共にライラの屋敷へとやってきていた。

「じゃ、楽しんできてください」

「ありがとう。帰りもまたよろしくね」

馬車を降りてブラムと別れ、一人で敷地内へと足を踏み入れる。

護衛は会場の中へ連れていけないものの、今日はライラやライラのご両親の知人だけを招いたものだと聞いているし、問題ないだろう。

「アナスタシア様、来てくださってありがとうございます」

「こちらこそ、お招きいただきありがとう」

会場へ入るとすぐにライラが出迎えてくれ、彼女のご両親とも挨拶をする。

それからは同じく招待されていたニコルや友人達とも合流し、楽しく過ごした。

「今日のドレス、なんだかアナスタシアらしくないわね。とても似合っているけれど」

「実はお父様が押しかけてきて裏口から逃げ出して、一式買って着替えてきたの」

「えっ？」

ニコルは信じられないという表情を浮かべ、やがて「ぷっ」と噴き出した。

「ふふっ、ごめんなさい。笑ってはいけないと分かっているんだけど、アナスタシアが裏口から逃げ出す姿を想像すると少しおかしくて」

「笑ってくれた方が私も嬉しいわ」

どんどん私のイメージが良い方に変わっていくと笑う友人達につられて、笑顔になる。

今日は色々あったものの、来て良かったと思っていた時だった。

「そういえば、前にアナスタシアと行ったカフェで――」

楽しくお喋りをしていたニコルから突然、笑みが消えた。その視線は私ではなく、私の背後へと向けられている。

不思議に思って振り返った私は、そこにいた人の姿を見て固まった。

「――イーサン」

白い騎士服に身を包んだ彼は、大勢の人々に囲まれていた。

なぜここにいるのだろうとか、気になることはたくさんあるはずなのに、やっぱり一番に込み上げてくるのは「好き」という感情で。

顔を見ただけで、どうしようもなく焦がれてしまう。

同時にルアーナ様のことを思い出し、じくじくと胸が痛んだ。

「ごめんなさい、お父様が招待した方が急遽《きゅうきょ》お連れしたようで……」

この場を離れていたライラは焦った様子でこちらへ駆け寄ってきて、彼女は何も悪くないというのに心底申し訳なさそうな顔をする。

「ありがとう、私は大丈夫よ」

大切な友人に気を遣わせたくなくて、平気だと笑顔を作った。

この先だって、イーサンと顔を合わせる機会がないわけじゃない。私がいつまでも泣きそうな顔ばかりしていたら、誰よりも優しいイーサンは罪悪感を覚えるに違いない。

だからこそ、しっかりと背筋を伸ばして「もう平気」という姿を見せなければ。

（……あ）

そうしているうちに、不意にイーサンがこちらを向いて、視線が絡む。

美しいアイスブルーの瞳が、驚きで見開かれる。きっと彼もここに私がいるなんて、想像もしていなかったのだろう。

私はぎゅっとドレスを握りしめると、にっこり微笑んでみせる。

そして「いち、に」と数えた後、さりげなく視線を逸らした。

（大丈夫、きっと上手くできたはず）

本当はまだまだ辛くて悲しくて泣きそうだったけれど、私はそれからも明るく努め続けた。

そうして夜会も終わりが近づいた頃、化粧を直してホールへ一人戻ってきたところで、不意にぐらりと地面が揺れる感覚がした。

「きゃあっ……何……？」

「地震か？」

最初は目眩《めまい》がしたのかと思ったけれど、どうやら地震が起きたらしい。

だんだんと揺れは大きくなり、会場は騒がしくなっていく。

（こんなに大きな地震、久しぶりだわ）

ひとまず収まるまで様子を見ようと、近くのテーブルに手をついていた時だった。

「危ない！　落ちてくるぞ！」

「――え」

そんな悲鳴に似た声に頭上を見上げると、大きなシャンデリアを吊《つ》るす金具が切れかけていて、ぐらぐらと揺れていた。あんなものに押し潰されれば、間違いなく即死だろう。

周りにいた人々は急ぎこの場から逃げていく、けれど。

「……っ」

私の足は、竦んで動いてはくれない。

あの日の――燃え盛る劇場でシャンデリアに潰されて死んだ際の光景が脳裏に浮かんで、頭が真っ白になっていく。

やはり私は自分が思っていた以上に、あの日のことがトラウマになっているのだろう。

その場にへたり込んだ私の真上でシャンデリアは先ほどよりも揺れていて、今すぐにでも落ちてきそうで。逃げなきゃ、と思っても指先ひとつ動かせない。

いつ落ちてきてもおかしくないシャンデリアの真下にいる私を、誰も助けてはくれなかった。

少し離れた場所から、ライラの悲鳴に似た声が聞こえる。

（私、またこんな死に方をするの？）

同時にガチャン、という金属音がしてシャンデリアが落ちてくるのが見えた。

そうしてきつく目を閉じた瞬間、ふわりと身体が温かい何かに包まれ、浮遊感を覚える。

――大好きなこの温もりと香りを、忘れるはずがない。

直後、シャンデリアが床に落ちた大きな音とガラスの割れるような音がした。

「……ど、して……」

ゆっくり目を開けると目の前にはイーサンの顔があって、彼が助けてくれたのだと理解した瞬間、視界が滲んだ。

また泣いて迷惑をかけたくない、助けてくれたお礼を言わなきゃと、唇を噛み締めて涙を堪える。

(本当はずっとイーサンの腕の中にいたいけれど、もうこの場所は私のものじゃない)

離れようと震える右手で、イーサンの胸元を押す。

けれどイーサンは私の頭に腕を回し、きつくきつく抱きしめた。

「……っ」

どうしてという言葉が再び喉元まで込み上げてきたものの、イーサンの手が震えていることに気が付いて、そのまま呑み込む。

「……どうして、あなたはこんなにも目が離せないんですか」

耳元で、今にも消え入りそうなイーサンの震える声が響く。

「俺はあなたに幸せになってほしくて、必死に離れようとしているのに」

「イーサン……?」

痛いくらいに、縋るようにきつく抱きしめられる。

イーサンになぜ抱きしめられているのかも、私に幸せになってほしいから離れようとしている、という言葉の意味も分からない。

けれど彼がひどく怯えているのは伝わってきて、そっとイーサンの背中に腕を伸ばす。

すると抱きしめられている腕に、更に力が込められた。

「ごめんなさい。私は大丈夫だから」

「……っ」

「助けてくれて、ありがとう」

とにかくイーサンに悲しい顔をしてほしくなくて、笑顔を作る。

それからも私はイーサンの背中を撫でながら「大丈夫」という言葉を繰り返し続けた。

第三章

「……はあ」

床に座ってせっせと自室で荷造りをしながら、本日何度目か分からない大きな溜め息を吐いた。

お父様はあれから何度もこの家へやってきている。

よほど私を公爵家に嫁がせたいのか、お父様に諦める様子はないし、いつまでも逃げ出したり居留守を使ったりしていては落ち着かない。

そのため王都から近い村に引っ越して平和に穏やかに暮らし、たまに友人達に会いに来る日々を送ろうと思っている。

（イーサンを諦めた以上、この場所にいる必要もないもの）

――数日前の夜会でイーサンに助けてもらった後はすぐにお開きになり、ライラやご両親からは何度も謝られた。

誰も悪くはないし、大丈夫だとお礼を伝えている間に、イーサンの姿はなくなっていた。

（私に幸せになってほしくて必死に離れようとしてるって、どういう意味なのかしら）

イーサンがあんなにも怯えていたことも、不思議だった。

確かに危険な目には遭ったけれど、イーサンの怯え方は普通じゃなかったように思う。

とはいえ、その理由を尋ねる機会だって私にはもうない。

彼は愛する女性――ルアーナ様と婚約し、私とは別の人生を歩んでいくのだから。

そう、何度も自分に言い聞かせてきたのに。

「……っ」

やはり悲しくて辛くて目頭が熱くなり、ぽたぽたとこぼれ落ちた涙がスカートに染みを作っていく。

本当に涙もろくなってしまったと手の甲で目尻を拭い、堪えようとぐっと奥歯を噛んだ時だった。

「お嬢様！　アナスタシアお嬢様っ！」

バアンと部屋のドアが開いた音がして、やけに慌てた様子のパトリスの声がする。

普段はノックをして私の反応を待ってから入ってくる彼女が、こうしていきなり入ってくるくらいなのだから、何かしらの緊急事態が起きたに違いない。

「とりあえず応接間にお通ししたので、急いで身支度をしましょう！」

「えっ？」

応接間に通したとなると、いよいよお父様が家の中まで乗り込んできたに違いない。

本当にどこまでも自分勝手で迷惑だと、腹が立ってくる。

「自分でできるから、パトリスは一応お茶でも用意しておいて」

「本当ですね？　分かりました！」

急いで応接間へ向かうパトリスを尻目に、ぐっと両手を伸ばして立ち上がる。

（はあ……とりあえずこのまま出ていってやろうかしら）

相手だって不躾にいきなりやってきたのだから、きっちり身支度をして出迎えるのも癪《しゃく》で、私は泣き腫らした顔と適当な家着という、悲惨な姿で出ていくことにした。


そうして応接間へ続くドアを開けた瞬間、まず目に入ったのは驚愕《きょうがく》した顔でこちらを見るヘルカとパトリス、そしてブラムだった。

そんなにもこの格好は酷いだろうかと思いながら、お父様がいるであろうソファへ視線を向ける。

「……え」

そしてそこにいた人物の顔を見た瞬間、私は腰を抜かしそうになった。

「ど、どうして……」

――一体どうして、我が家の応接間にイーサンがいるのだろう。

（なに？　私、絶望しすぎてイーサンの幻覚まで見るようになったの？）

どうか目の前の光景が幻覚であってほしいと願い、両目を擦《こす》ってみても、視界に変化はない。

動揺した私は「あ」とか「う」とか意味のない言葉を発しながら、後ずさることしかできない。

その上、今の私は泣き腫らした顔にぼさぼさの髪、そして適当な家着という、目も当てられない姿だったことを思い出してパニックになってしまう。

そんな私を見て、イーサンは困ったように微笑んだ。

「突然訪ねてきてしまって、申し訳ありません」

「い、いえ！　むしろありがとうというか、あの、ごめんなさい！　き、着替えてくるわ！」

それだけ言って私はイーサンに背を向け、逃げるように自室へ駆け込んだ。

ドアを閉めると、そのまま背を預けてずるずるとその場にしゃがみ込む。動揺と緊張で、心臓がうるさいくらいに大きな音を立てていく。

(本当にどうして？　なんで？　はっきりともう関わるなって話をつけに来たとか？)

理由は聞けなかったけれど、先日怯えていたことも気がかりで仕方ない。

いくら考えても答えなんて出るはずがなく、とにかくイーサンを待たせるわけにはいかないと思った私は、パトリスを呼んで慌てて身支度を始めた。

どうか今見た私の姿は、記憶から消してほしい。

結局、こんな状況でも少しでもよく見られたいと思った私は、クローゼットから一番のお気に入りのドレスを引っ張り出してもらう。

そして一切の手抜きをせずに化粧を済ませ、諦めるなんて到底無理だと改めて実感していた。

大急ぎで身支度を済ませて応接間へ戻ると、変わらずイーサンの姿があってほっとする。

「お、お待たせいたしました」

「いえ」

緊張しながら、彼の向かいのソファに腰を下ろす。すぐに私同様、緊張した面持ちのパトリスが私の分のお茶を用意してくれた。

（……とても上手になってる）

ふと、ティーカップに口を付けたイーサンの所作が綺麗なことに気が付く。

一度目の人生のこの時期は、まだ粗だらけだったというのに。もしかすると、ルアーナ様の影響かもしれないと思うと、また泣きそうになってしまう。

それでも最後くらいきちんとしたいと思った私は、静かに口を開いた。

「私に何の用か聞いても？」

これで「もう二度と関わらないでください」なんて言われたら、私は一生立ち直れそうにない。

心臓が嫌な音を立て、冷や汗が流れるのを感じながらきつく目を閉じ、イーサンの返事を待つ。

「今日はアナスタシア様に婚約の申し込みに来ました」

「……え」

そして聞こえてきた言葉に、私は自分の耳を疑った。

「……こ……？」

いよいよ自分に都合の良すぎる幻聴が聞こえるようになってしまったらしく、自分が怖くなる。

（嫌だわ、妄想と現実の区別がつかなくなってしまったのかしら）

本当にどうしようもない人間になってしまったと、片手で目元を押さえながら顔を上げる。

「ごめんなさい、もう一度言ってもらっても？」

「アナスタシア様に婚約を申し込みに来ました」

「……………」

この瞬間、私は心底困り果てていた。

何回尋ねても「私に婚約を申し込みに来た」と言っているようにしか聞こえないのだ。

このままでは会話が成立しない、頭がおかしい女だと思われてしまう。

どうしたら良いのか分からず口ごもっていると、イーサンは悲しげに長い銀色の睫毛を伏せた。

「……もう、お気持ちは変わられましたか？」

「え？」

「こんな俺にはやはりもう、愛想が尽きてしまいましたよね」

「そ、そんなわけない！　好き、大好きよ！　好きすぎて死にそうで困っているくらい！」

ついソファから立ち上がり、部屋中に響く大きい声で叫んでしまう。

イーサンもそんな私の言動に驚いたらしく、ガラス玉のような両目を見開いている。

「…………」

「…………」

我に返って恥ずかしくなっていると、やがてイーサンはふっと笑った。

その笑顔は過去によく見ていた自然で柔らかいもので、心臓が大きく跳ねる。

「良かったです。安心しました」

「……ど、して」

もう、何もかも訳が分からなかった。

(どうしてそんな風に、前みたいに優しく笑いかけてくれるの？)

先日までイーサンが私に対して明確に引いていた線が、なくなったのを感じる。

私が知る過去のイーサンみたいで、今向けられている眼差しからも優しさと愛情を感じてしまう。

「だ、だって、ルアーナ様との婚約は……」

「なくなりました。元々俺と彼女はお互いに愛し合ってなどいませんでしたから」

それならなぜ、二人は婚約しようとしていたのだろう。

分からないことばかりだけれど、イーサンの言葉に私は内心ひどく安堵していた。

(イーサンはルアーナ様を好きだったわけではなかったのね)

「……よ、良かった……」

このままソファに倒れ込みたいくらい、どっと身体の力が抜けていく。

じわじわと目頭が熱くなって、涙が溢れそうになる。イーサンが他の女性を愛しているという事実は、私にとって何よりも辛いことだったのだと改めて実感した。

「これまで俺は、アナスタシア様に対して心ない態度ばかりを取ってきました。それなのに今更、婚約を申し込むなんて虫が良すぎるという自覚はあります」

唇を真横に引き結んだイーサンからは、自責の念に駆られているのが伝わってくる。

確かに彼の行動は側《はた》から見ると、一貫性のない自分勝手なものに見えるかもしれない。それでも。

「いいの。だって、イーサンは理由なくそんなことをする人じゃないもの」

はっきりとそう告げれば、イーサンの瞳が揺れる。

「……どうして」

私から目を逸らした彼は、泣きそうな顔をしていた。

そして何かを言いたげに口を開いたけれど、堪えるように唇を噛み締める。

「それよりもこれ、夢じゃない？　本当に、私と婚約してくれるの？」

これ以上辛そうな顔をしてほしくなかった私は、努めて明るい声でそう尋ねる。

顔を上げたイーサンは私を再び見つめ、しっかりと頷いた。

「はい。どうかアナスタシア様のお側にいさせていただけませんか」

「……っ」

その瞬間、先ほどまで感じていた絶望が嘘みたいに消えて、喜びが全身に広がっていくのを感じた。

同時に今度は嬉しさや安堵感により、涙腺が緩む。

また泣いてしまってはイーサンに気を遣わせてしまうと、慌てて目頭をハンカチで押さえる。

「違うの、嬉しくてびっくりして、少し涙が出ちゃっただけで……」

「はい」

我慢しようとしているのに、大好きなイーサンの優しい声に視界が滲んでしまう。

「わ、私……本当は、こんな泣き虫じゃ、ないの……」

「はい。知っています」

イーサンが向けてくれる穏やかな表情も眼差しも、まるで私をよく知っているような言葉にもどうしようもなく心が揺さぶられて、また涙が出た。


二十分後、搾れそうなくらい涙を含んだハンカチを手に、私はようやく泣きやんだ。

こんなにも泣き続ける私にも、イーサンはずっと優しく声をかけて慰めてくれるものだから、余計に涙が止まらなくなってしまった。

泣きすぎて頭は痛いし、今の私は相当不細工な顔をしているに違いない。

けれどようやく、この信じられない出来事全てが現実だと実感することができた。

（さっきまで絶望していたのに、いきなり婚約を申し込まれるなんてまるで奇跡だわ）

腫れているのか少し重たい瞼《まぶた》を上げて、イーサンへ視線を向ける。

「どうして、私と婚約してくれることにしたの？」

「……それは」

「あっ、言いたくないなら大丈夫！　気にしないから」

イーサンが一瞬、躊躇《ため》った様子を見せたことに気付いた私は、慌てて両手を左右に振った。

何か事情があるんだろうし、言いたくないことを無理に聞くつもりなんてない。イーサンの側にいられるのなら、もう何だって良かった。

「申し訳ありません」

「私、イーサンと一緒にいられるのなら何でもいいから」

何か理由や事情があったとしても、イーサンが私を悪いように利用するはずがないことだって、分かっている。

「良い婚約者になれるよう、精一杯頑張るわ！」

理由はなんであれ、私を選んで良かったと思ってもらいたい。

ぐっと両手を握りしめて笑顔を向けると、イーサンはサファイアに似た目を柔らかく細めた。

「……俺は、アナスタシア様のそういうところが好きです」

「えっ」

イーサンの口から出た不意打ちの「好き」に、どきりとしてしまう。

もちろん恋愛の「好き」ではなく人として、という意味だと分かっているけれど、イーサンの口から発せられるだけで破壊力がありすぎる。

（これでもうあんなにも悩むことも……はっ）

つい浮かれてしまっていたけれど、ふと大問題が残っていることに気が付いた。

イーサンが婚約してくれるとはいっても、スティール公爵家からの婚約の申込みはされたまま。

お父様が強硬手段を取れば、イーサンに迷惑がかかってしまうかもしれない。

「実は私、スティール公爵家から婚約を申し込まれていて……受けるつもりはないんだけど、このままだとお父様があなたに何かしてしまうかもしれないの」

こんな話を突然しても、イーサンは顔色ひとつ変えることはない。

「問題ありません。騎士団長としての地位を追われるほどのことはできないでしょうし、いざとなればこの国を出ていくと脅しますから」

そしてはっきりとそう言ってのけたイーサンは、騎士としての自分の実力と価値を、誰よりも理解しているのだろう。

私を気遣っているのではなく、本気で気にしていないという彼の態度に心が軽くなる。

「アナスタシア様はどうされたいですか？」

「私はあの家に帰りたくなんてないし、テオドールと婚約もしたくない。あなたと一緒にいたい」

「分かりました」

イーサンはそう言って立ち上がると、私の側へ来て片手を差し出す。

条件反射のように無意識で彼の手を取ると、イーサンの大きな温かい手のひらに包まれた。

こうして手を繋ぐのだって今世では初めてで、胸がいっぱいになる。

「では、今すぐ婚約の書類を教会に提出しに行きましょう」

「ええっ」

「そうすればもう、俺達の婚約は揺るぎないものになりますから」

幸せを噛み締めていたのも束《つか》の間《ま》、突然の提案に口からは間の抜けた声が漏れた。

我が国では普通、婚約の際には書類を認めるものの、簡単なサインをお互いにするだけ。

けれど教会に提出することで簡単には破棄できなくなり、より強固なものになる。

(イーサンって、妙に行動力があるのよね)

俺達という言葉ひとつにも胸が高鳴るのを感じつつ、もちろん私が断る理由なんてなく。「ぜひ！」

とまたもや大きな声を出してしまった私はイーサンに笑われ、顔が熱くなった。


それから三十分後、私はレイクス伯爵家の馬車に揺られながら、ぼんやりと窓の外で小さくなっていく教会を眺めていた。

「アナスタシア様？　ご気分が優れないように見えますが」

「ち、違うの！　ただ、夢みたいだなって……」

そんな私を見たイーサンは心配げな眼差しを向けてくれ、慌てて否定する。

「……本当に、婚約したの？」

「はい。間違いなく」

向かいに座るイーサンは頷くと、教会の司教の魔法印が入った婚約に関する書類を見せてくれた。

そこには私の名前と彼の名前がしっかり書かれていて、じわじわと実感が湧いてくる。

ただひとつだけ気になったのは、イーサンの字がとても綺麗だったことで。前回の人生でイーサンと結婚した際に見た時は、はっきり言って下手で幼い子どもの字みたいだったのに。

（一体何が起きているの……？）

ほとんどの人や物事は前回の人生と同じなのに、イーサンに関することだけ変化しているなんて、明らかにおかしい。

（前回の人生と行動が変わる理由って何かしら？　私の場合は記憶があってやり直しているからだけれど、イーサンの場合は違うでしょうし）

過去の人生でイーサンはあんなにも私のことを好いてくれていたのだから、今回の人生では当初冷たかった彼に記憶なんてあるはずがない。

とはいえ「実は私、一度死んで人生をやり直しているんだけど、あなたに関することだけはおかしいことばかりなの。なぜかしら？」と聞いては、頭のおかしい女だと思われてしまう。

「アナスタシア様」

いくら考えても答えなんて出ないと溜め息を吐いていると、イーサンに名前を呼ばれた。

「なあに？」

「その、大変不躾な申し出だとは理解しているのですが」

イーサンはどこか申し訳なさそうで、言いにくそうに見える。

「どうかしたの？　私にできることなら何でも言ってちょうだい」

これほどの僥倖《ぎょうこう》を得た今の私は、どんなことだってできる気がする。

大好きなイーサンのためなら何でもするという気持ちを込めて、イーサンに笑顔を向けた。

「アナスタシア様さえ良ければ、俺の屋敷に住みませんか？」

「……ふぇ」

そして告げられた予想外の申し出に動揺した私は、手に持っていた鞄《かばん》を落としてしまう。

今日だけで心臓がひっくり返ってしまうような驚きの出来事が多すぎて、頭が追いつかない。

（私、本当に夢でも見てるのかしら？）

またイーサンと一緒に暮らせる日がくるなんて、夢みたいだった。

けれど、イーサンはこれでいいのだろうかという心配も胸をよぎる。イーサンは好きでもない相手と婚約して一緒に暮らすことになるのだから。

何か理由があってのことだと分かっていても、不安になる。

――我が国では結婚前に同棲《どうせい》をすることなどほとんどない。それでもイーサンがそう提案してくれたのは、先日殺されかけた私を心配してくれているからではないだろうか。

もしかすると婚約相手に私を選んでくれたのも、それが理由なのかもしれない。

さすがに心配だけではないだろうし、彼の方にも誰かと婚約しなければいけない事情があるのだとしたら、納得がいく。

（きっと優しいイーサンは、みっともなく縋り付いた私を哀れに思ってくれたんだわ）

イーサンに出会う前の私だったら、他人からの同情なんてプライドが許さず憤慨していたに違いない。けれど今は彼の側にいられるのなら、どんな理由でもよかった。

（だって、また好きになってもらえるように頑張るチャンスがたくさんできるもの！）

これまでは会う機会を作るだけでやっとだったことを思うと、ほろりと涙が出そうになる。

——何よりイーサンとレイクス男爵邸で一緒に暮らしていた頃が、私にとって間違いなく人生で一番幸せな時期だった。

あの頃にまた一歩近づけると思うと嬉しくてまた泣きそうになって、私はぶんぶんと首を左右に振ると、落とした鞄を拾ってくれようとしたイーサンの手を取った。

ぎゅっと両手で握れば、イーサンは驚いた表情で私を見上げる。

「ええ、もちろん！　私で良ければぜひお邪魔したいわ」

心からの笑顔を向けると、イーサンは目を見開いた後、摑んでいない方の腕で口元を覆い、私からぱっと顔を逸らした。

また大きめの声を出してしまったせいだろうと、反省する。

「……ありがとうございます。絶対にアナスタシア様に不便は感じさせませんし、お守りします」

「こちらこそ。あなたの婚約者としての役割を立派に果たしてみせるから！」

イーサンは「こちらのセリフです」と言うと、侯爵家に報告に行かなくていいのか尋ねてくれる。

今報告に行っても、余計にお父様の怒りを買うだけだろう。

帰宅したらお父様には「イーサンと婚約しました。家には戻りません」とだけ書いた手紙を送ろうと思う。テオドールにも報告とお礼を綴って送るつもりだ。

やがて街中の家に着き、イーサンのエスコートを受けながら馬車を降りる。

触れた手が離されただけで寂しく思えて、思わずイーサンの指先をきゅっと掴む。

するとイーサンは俯いて「はー……」と息を吐く。

「あっ、ごめんなさい。迷惑だったわよね」

婚約者という立場になったからといって、調子に乗りすぎてしまった。

慌てて手を離すとイーサンは私が触れていた手をきつく握り、目を伏せた。

「あまりこういうことはしないでください。……可愛すぎて困るので」

「えっ」

今世でイーサンに「可愛い」と言われたのは初めてで、心臓が大きく跳ねる。

やっぱり大好きなイーサンにそう思ってもらえるのは嬉しくて、口元が緩んでしまう。

今日は適当な格好だったり号泣したりと散々な姿を見せてしまったけれど、これからもそう思ってもらえるように努力をしなければ。

その後、イーサンは危ないからと言って玄関の中まで私を見送ってくれた。

過保護なところは前と変わっていないと、また笑みがこぼれる。

「では三日後、また迎えに来ます」

イーサンはほんの少しだけ口角を上げると丁寧に頭を下げ、去っていく。

やがて静かにドアが閉まった後、私はその場に座り込んだ。

「……私、明日死ぬのかしら」

今日一日で、本当に何もかもが変わってしまった。

昼前まではイーサンと結ばれないことを悲しんで泣いていたのに、イーサンの婚約者になって同棲することになるなんて、誰が想像できただろうか。

昨日の私にこの話をしたら、絶対に信じないどころか病院へ行くことを勧めるに違いない。

まずはパトリスやヘルカ、ブラムに報告をして、引っ越しの準備を進めなければ。結局、今していた準備は無駄にならないようで、つい笑ってしまった。

（一生分の幸福を使い果たした気さえするわ）

どうか夢や妄想ではないことを祈りながら、私は胸いっぱいの幸せを噛み締めた。

◇◇◇

三日後の朝、イーサンは街中の家まで迎えに来てくれた。

「おはようございます、アナスタシア様」

「おはよう、イーサン。よろしくね」

夢ではなかったと改めてほっとしながら、今日はばっちり身支度を整えた姿で、笑顔で出迎える。

必死に平静を装っているものの、これから大好きなイーサンと一緒に暮らせると思うと、内心は飛び跳ねたいくらい浮かれきっていた。

「……ここにあるのが、アナスタシア様の荷物の全てなんですか？」

「そうよ」

まとめておいた荷物を馬車の荷台に積み込む際、イーサンは私の荷物が少ないことに驚き、戸惑っているようだった。

確かに侯爵令嬢の荷物にしては、あまりにも少ないだろう。過去の私はイーサンのもとへ嫁いでいく際、服やアクセサリーだけで店を開けるのではというほどの大荷物だった記憶がある。

けれどあれらは私が望んで買ったものではないし、侯爵邸に置いておいても意味がないため、とりあえず運んだだけ。

私としては周りから舐められないくらいの、必要最低限のものがあれば良かったのに。

「落ち着いたらすぐに買い物に行きましょう」

「えっ、どうして？」

「アナスタシア様は、こんな暮らしをすべき人ではありませんから」

イーサンは私が侯爵邸から家出してきたせいで、望んでいない慎ましい生活をしていると思ったのかもしれない。必要ないと言っても、聞く耳を持ってはくれない。

けれどイーサンとまた一緒に出かけられると思うと嬉しくて、結局頷いてしまう。

（そういえば過去のイーサンも、いつも必要以上のドレスや装飾品をプレゼントしてくれたのよね）

私の身体はひとつしかないと叱ったことを思い出し、笑みがこぼれた。

ちなみに変わらず私の側にいてくれるというパトリスも、伯爵邸にて住み込みで勤める予定で、別の馬車で移動することになっている。

無事に全ての荷物を積み終えたのを確認した私は、後ろで控えてくれていたヘルカに向き直った。

「ヘルカ、今まで本当にありがとう。あなたのお蔭で安心して毎日楽しく過ごせたわ」

「いえ、私こそアナスタシア様のお側にいられて幸せでした」

「……っ」

——レイクス伯爵邸へ越してくるにあたって、ヘルカは護衛の練習を終えることとなった。

この数ヶ月間、家族のように毎日一緒に過ごしていた彼女と離れるのはとても寂しいけれど、騎士としての彼女をこれからも一人の友人として応援していきたい。

目の奥がじんと熱くなるのを感じながら、ヘルカの手を取る。

「これからは友人として、私と会ってくれる？」

「はい、私でよければ喜んで」

私の手を握り返してくれたヘルカの目も少し潤んでいて、また泣きそうになってしまう。

けれどこの先も会えるのだし、もう一度「ありがとう」と笑顔を向ける。

そして今度は、彼女の隣に立つブラムに向き直った。

「ブラムも短い間だったけど、ありがとう。ブラムの話、全部面白くて最高だったわ」

「いえいえ、俺もこんな楽で楽しい仕事なかったですよ。美女に囲まれて」

「もう」

腕の立つブラムはこれまで適当に護衛や傭兵《ようへい》仕事をしていたらしいけれど、イーサンの計らいで騎士団の試験を受けさせてもらえることになり、人生の転機だと言って気合を入れていた。

彼とも今度は友人として遊ぼうと約束して、私はイーサンへ視線を向けた。

「では行きましょうか」

「ええ」

街中の家も予定通り、解約することになっている。

数ヶ月という短い間だったけれど、生まれてからずっと暮らしていたフォレット侯爵邸よりもずっと愛着が湧いていて、寂しい気持ちもあった。

それでも前に進むために、心の中で「ありがとう」と告げ、馬車に乗り込んだ。

やがて到着したのは過去にイーサンと共に暮らしていた、王都にあるタウンハウスだった。

前世と同じく騎士団の仕事が多忙であることと、陛下がイーサンを側に置いておきたいことに変わりはないようで、領地に戻るのは月に一度あるかないかくらいだと、馬車の中で話してくれた。

イーサンの爵位は男爵から伯爵に変わったものの、それ以外は過去とほとんど変わっていないらしい。屋敷の中も使用人も、懐かしい思い出の中と同じまま。

後悔だらけで、けれど愛おしくて大切な記憶が蘇ってきて、胸が締め付けられる。

「アナスタシア様、ようこそいらっしゃいました」

「マリア……！」

一度目の人生で特にこの屋敷の中で仲良くしていて、イーサンのことについても相談していたメイドのマリアに再会し、感極まってしまう。

あれから数ヶ月しか経っていないのに、何年も会っていないような気さえする。

「私の名前をご存じなんですか？」

「え、ええ。先ほど呼ばれているのを聞いていたの」

彼女にとっては初対面だというのにやってしまったと、慌てて誤魔化す。

（もう一度会えて嬉しい）

マリアを含め、イーサンが大切にしている屋敷の使用人達を私も大切にしたいし、婚約者として認めてもらいたいと思っている。

(彼らは一度目の人生のどうしようもなかった私にも、良くしてくれたもの)

彼らの主であるイーサンに対して素っ気ない態度を取り、妻としての役割を果たしていなかった私にも、心から尽くしてくれたのだから。

「アナスタシアよ。これからよろしくね」

これからの日々に胸を弾ませながら、私はマリアや使用人達に笑顔を向けた。


案内された私の部屋も前世でレイクス男爵夫人として使っていたもので、足を踏み入れた瞬間、過去の思い出が一気に蘇ってきてまた涙腺が緩んだ。

「アナスタシア様？　何か問題でもありましたか？」

「いいえ、とても気に入ったわ。素敵な部屋をありがとう」

涙を堪える私を見て不安げな表情を浮かべるイーサンに、丁寧にお礼を伝える。

一度目の人生とは状況も立場も違えども、こうしてここに戻ってこられたのが嬉しくて仕方ない。

イーサンが退室した後、私はぼふりとベッドに倒れ込んだ。

『……あまりからかわないでください、迷惑です』

今回の人生でイーサンに初めて会った時のことを思い返すと、今の状況は奇跡だとしか思えない。

とはいえ、まだまだこれからで。イーサンに好きになってもらって結婚するだけでなく、今世は立派な妻になって私を娶って良かったと思ってもらいたい。

今の状況に甘んじず、イーサンを大切にしながら自分のすべきことをしていかなければ。

(それでも今はもう少しだけ、浮かれていてもいいかしら)

これまではイーサンに会うために、いちいち作戦を立てて行動を起こさなければならなかった。

けれどこれからは毎日会えるのだと思うと胸が弾んで、口元は緩んでしまう。

「お嬢様、こちらはどこにしまいますか?」

「右のクローゼットの奥に引き出しがあるから、そこに入れておいて」

枕を抱きしめてころころしながら、早速片付けをしてくれているパトリスに答える。

すると三十秒後、パトリスは戸惑いの声を漏らした。

「どうしてクローゼットの作りが分かるんですか? ここには初めて来たはずなのに」

「えっ? あっ、同じ形のものを見たことがあるの!」

うっかり過去の記憶をもとに答えてしまい、慌てて身体を起こす。

信用しているパトリスになら死に戻ったことを話してもいいけれど、今ではない気がする。

「でも、ヘルカとブラムがいないのは寂しいわね」

「そうですね。お二人もお嬢様のことをとても慕っていましたから、いつでも遊びに来てくださると思いますよ」

みんなそれぞれの道を頑張っていくのだから、私もしっかりしようと気合が入る。

軽く頬を叩いてベッドから下りると、私は鞄の中からメモ帳とペンを取り出す。ふと鞄の中に一通の手紙が入っていることに気付く。

今朝、出立前に届いていたもので、落ち着いたら読もうとしていた。封筒の裏側には以前行った孤児院と院長の名前が記されている。

手紙には支援に関するお礼と、最近では貴族からの寄付も増えていて問題は解決しそうだということが綴られていた。

（少しでも効果があったのなら良かった）

ライラと共に孤児院に行ったことで私は子ども達が暮らす境遇を知り、それからも調べるうちに、どこも資金難で苦しんでいることが分かった。

特にあの孤児院は建物が老朽化し限界がきていて、今のままだと解体して子ども達は離れた孤児院に離れ離れにさせられるかもしれないという。

そんな話を聞いて何かしたいと思ったのは私だけでなくライラも同じだったようで、彼女と共に私達に何かできることはないかと考えた。

結果、私自身も支援をすること、そして他の貴族からの寄付を募ることではないかと思い至った。

今は色々と好き勝手言われているものの、私がこれまでアナスタシア・フォレットとして努力を重ねてきたこと、貴族令嬢の鑑《かがみ》と言われるほどの振る舞いをしてきたことは事実で。

入院中に友人達や知人に手紙を認めて呼びかけたところ、皆も協力してくれたのだ。

（とはいえ、まだまだだわ）

今は付き合いで動いてくれているだけで自発的なものではないため、継続はされないだろう。これでは根本的な解決にはならない。

ひとまず手紙を大事にしまい、ライラと共にまた作戦会議をしようと決める。

「よし」

そして机の前に腰を下ろすと、私はまず紙に『イーサンとやりたいこと』と書いた。

――過去の私はイーサンと夫婦でありながら、夫婦らしいことなんて何もしなかった。もちろん全て私のせいで、後悔も反省もたくさんしている。

そんな過去をやり直したい、そしてこのリストを叶えながら一緒に過ごし、イーサンに私のことを知ってほしいという思いがあった。

私は恋愛について疎く、異性にアプローチされたことはあっても、したことはなかった。イーサンに好きになってもらうにはどうすればいいのかも、よく分からない。

知ったところで駆け引きだとかはきっと上手くできないけれど、前世のイーサンはありのままの私を好きになってくれたはず。

だからこそ、好きになってもらうためには私という人間を知ってもらうところから始めたい。

そしてひとつひとつきちんと書いておいて、忘れずに実現していきたい。

「ええと、まずはなるべく一緒に食事を取る……それと、仕事に行く時はお見送りをする……あ、イーサンのご家族にも挨拶をしなくちゃ！　騎士団のイベントにも参加する、も必要ね」

次々と思いついたものを紙に綴っていく度、どれほど自分が至らない妻だったのかを再実感し、これからが楽しみな気持ちと罪悪感とで、情緒が不安定になる。

やがて思いつく限りを書き終えたところで、他の家庭のことも気になり、私はペンを握ったままドレスの整理をしてくれているパトリスへ視線を向けた。

「ねえパトリス、夫婦らしいことって何かしら？　あなたのご両親はどんな感じだった？」

「私の両親ですか？　そうですね……とても仲は良くて、月に一度は必ず二人で食事に出かけて、夜はいつも一緒に眠っていましたよ」

「ありがとう、とても仲が良いのは素敵だわ。ええと二人で食事と、夜は一緒に……っ」

そこまで言いかけて言葉の意味を理解した途端、一気に顔が火照っていくのを感じた。

（そうよね、もしも今世はちゃんとイーサンと夫婦になれたら、そういうこともあるのよね……）

想像するだけで、全身から火を噴き出しそうになる。私はイーサンと手を繋いだこともほとんどなく、キスだってしたことがないのだから。

とはいえ夫婦が一緒に眠るのは貴族にかかわらず当たり前のことで、初夜すらなかったなんて夫婦として最もあり得ないことだろう。

「と、とにかくリストには書いておかないと……」

テーマである『前世ではできなかった夫婦らしいこと』に違いはないし、一番最後に『一緒に眠る』と小さな文字で書いておく。

どきどきして落ち着かなくて、けれど嬉しくてくすぐったくて胸が弾んで、この感情が「恋」なのだと改めて実感する。

（でも本当に、イーサンはどうして私と婚約してくれたのかしら）

イーサンは何も言わないし余計なことは尋ねずにいるけれど、やはり気になってしまう。

それでもいつか話してくれると信じて、今は私なりにできることをしようと決める。

「……これからたくさん、実現できますように」

そう祈りながら、私は指先でそっと出来たてのリストを撫でた。


昼食の時間になり、食堂へ案内されるとそこには既にイーサンの姿があった。

今回の人生では初めて見るラフな服装に、心臓が跳ねる。

やはりイーサンはどんな服装でも似合ってしまうし、こんな彼を見られるのは一緒に暮らしている特権だと思うと、涙が出そうだった。

「食事は口に合いそうですか？」

「ええ、とても美味しいわ。ありがとう」

料理も以前と変わらない味で、料理長も過去と同じであることが窺《うかが》える。

食事をしながらイーサンをついじっと見つめてしまっていると「何か変ですか」と尋ねられた。

「ううん、所作がとても綺麗だと思ったの」

美しい顔に見惚れていたとは答えづらく、一応食事を始めてから思っていたことを伝える。

食事中だけではなく、これまで見てきた今世のイーサンは、前世よりもずっと貴族らしい振る舞いができていた。そしてそれは一朝一夕で身につかないものだと、私はよく知っている。

（叙爵のタイミングは変わっていないのに、一体いつ練習したのかしら？）

「本当ですか？」

「この私が言うんだから本当よ」

「それは良かったです。たくさん練習しましたから」

ほっとしたような表情を浮かべたイーサンは、褒められた子どもみたいに小さくはにかむものだから、あまりの可愛さに胸がきゅんと射貫かれる。

これから一緒に過ごしていく度、私ばかりが好きになっていく気がしてならない。

「一緒に暮らしていくにあたって、何か要望はありませんか？」

とにかくイーサンは私に気を遣ってくれているらしく、それは屋敷や使用人など至るところから前世以上に感じられる。

本来は十分だと伝えるべきだろうけれど、チャンスだと思った私はここぞとばかりに食い付いた。

「イーサンさえ良ければ、なるべく食事は一緒に取りたいわ」

「……俺とですか？」

「ふふ、他に誰がいるのよ」

こんなにも好きだと伝えているのに、イーサンは未だに私が好きだというのを信じていない――わけではなさそうだけれど、どこか他人事《ひとごと》のような顔をする。

しっかり伝わるまで、もっともっと好きだとアピールしていかなければ。

「分かりました。他には何かありますか？」

「実はたくさんあるんだけれど、聞いてくれる？」

「はい、俺にできることなら何でも」

何の躊躇いもなく即答してくれるイーサンが大好きだと、改めて実感する。

優しくて誠実な彼はきっと、言葉通り私の願いを何でも聞いてくれるのだろう。


イーサンは夕方から会議があり、騎士団本部へ向かうという。

これはもしかしなくてもチャンスだと思った私は、イーサンが出発する際に教えてほしいとマリアに頼み、そわそわドキドキしながら自室で待機することにした。

「アナスタシア様、旦那様が出発されるそうです」

「ありがとう、今行くわ」

やがてノック音と共にマリアの声が聞こえてきて、気を紛らわせようとソファに座り、本を開いては同じ行を何度も読んでいた私は慌てて立ち上がった。

「ねえパトリス、私、変じゃない？」

「はい、世界で一番お美しいですよ。ちなみにこのやりとり、三十分間でもう十三回目です」

「…………」

ただお見送りをするだけだというのに、なぜかすごく緊張してしまう。

（だって、前世では「行ってらっしゃい」の一言すら言えなかったんだもの）

どこまでも不器用で無駄にプライドだけは高かった過去の自分を思い出す度、穴があったら入りたくなる。もう絶対にあんな後悔はしたくないと固く誓い、玄関ホールへと急ぐ。

（良かった！　間に合ったわ）

ドレスの裾を掴み早足で向かった先には、使用人達に送り出されるイーサンの姿があった。

イーサンも私に気が付いたらしく、アイスブルーの目を瞬いている。

「アナスタシア様？　そんなに急いでどうかされたんですか？　何か問題でも――」

「ううん、違うの」

私が見送りに来たなんて考えは一切ないらしく、心配げな眼差しを向けられる。

私は一度だけ深呼吸をすると、イーサンに笑顔を向けた。

「い、行ってらっしゃい、イーサン！　お仕事頑張ってね！」

「――え」

少しだけ吃《ども》ってしまったけれど、ちゃんと伝えられたと、心の中でぐっと両手を握りしめる。

一方、イーサンは私を見つめたまま、なぜか呆然《ぼうぜん》とした表情を浮かべ、固まっていた。

とても驚いているようで、よほど私が見送りに来たのが意外だったのだろう。

「…………」

「…………」

「が、頑張ってね！」

私達の間にはなんとも言えない沈黙が流れ、戸惑った私はもう一度同じことを言ってしまう。

するとイーサンははっとした様子を見せ、私から顔を逸らした。

「……ありがとう、ございます」

そしてそれだけ言うと、玄関を出ていく。

やがてドアが静かに閉まるのと同時に口元を両手で覆った私は、歓喜の声を上げた。

「や、やったわ……！　イーサンをお見送りできた……！」

ただ行ってらっしゃいと言って、手を振っただけ。

小さな子どもでもできるようなことだけれど、前回の人生ではつんとした態度しか取れなかった私にとっては、大きな進歩に感じられる。

後悔だらけだった過去を少しだけやり直せたようで、胸がいっぱいになった。

「良かったですね、お嬢様」

「ええ、ありがとう！」

側から見れば些細なことだろうに、パトリスも一緒に喜んでくれてより嬉しくなる。

そんな中、玄関の外までイーサンを見送っていたマリアが戻ってきた。

「アナスタシア様にお見送りをされた後の旦那様、玄関の前でしゃがみ込んでいました」

「えっ？　どこか具合が悪いの？」

どうやら外に出てドアが閉まった途端、イーサンはその場にしばらくしゃがみ込んでいたという。

とても元気そうに見えたけれど、無理をしていたのだろうかと心配になる。

「いえ、そういうわけではないと思いますよ。むしろ元気かと」

「………………？」

けれどくすっと笑ったマリアはどこか嬉しそうに見えて、首を傾《かし》げる。

とにかくイーサンが元気なら良かったと、胸を撫で下ろした。

「こうして見送るのって、迷惑じゃなかったかしら？」

「まさか、絶対にそんなことはないと思います！　旦那様も喜ばれているはずです」

とても喜んでいるようには見えなかったけれど、マリアが食い気味にそう言ってくれる。

迷惑でないのならこれからも続けようと決め、軽い足取りで自室へと向かう。

（本当に夢みたい）

嬉しくてくすぐったくて、ふわふわする。これからも前世ではできなかったことをひとつひとつ、やり直していきたい。

そして願わくば、どうかもう一度私のことを好きになってほしい。

「……ふふ」

イーサンと過ごしていく日々を思うと胸が弾み、幸せな笑みがこぼれた。

◆◆◆

騎士団本部へ向かう馬車に揺られながら、早鐘を打っている心臓のあたりを握りしめた。

「……どうしてあんなに可愛いんだ」

先ほどのように、アナが見送りをしてくれるなんて前回の人生でも一度もなかったことで、あまりにも可愛くて嬉しくて、夢かと思ってしまったくらいだった。

耳まで火照った身体を冷ますように、冷えた窓に体重を預ける。

彼女を守るために一緒にいるのだから、浮かれてはいけない。何度も自身にそう言い聞かせているのに俺は心底アナが好きで、どうしようもない人間だった。

──アナに婚約を申し込むまでにも、様々な葛藤があった。

『お前が原因で父親に脅されたアナスタシアが、どれほど悩み苦しんでいると思う？』

『頼むからこれ以上、彼女の人生を狂わせないでくれ』

『お前とアナスタシアは住む世界が違うんだ』

ランドルと行った大衆向けのカフェでアナと会った数日後、スティール公爵令息様に呼び出され、そう告げられた瞬間、やはり俺はアナを不幸にしかできないのだと思った。

いくら努力をしても地位を得ても、俺は彼女に釣り合わない。

そんなことなど最初から分かりきっていたというのに、今世ではアナから愛情を向けられ、浮かれていたのだ。

彼女を死なせてしまった罪から目を逸らし、その好意を享受したいと思ってしまった。

「……俺はどこまでも、どうしようもないな」

アナが愛おしくて好きで、離れようとしても彼女に追いかけられたら、だめになる。

だからこそ、確実に彼女と距離を置く方法を取る必要があった。

ルアーナから婚約を申し込まれたのは、それからすぐだった。

『どうか私と婚約してくださいませんか？』

『……なぜ俺と？』

『イーサン様のことを愛しているからです』

彼女はきっと、俺のことを愛してなどいない。

俺を好きだと言い、献身的な態度で尽くしてくれていても、心に響かなかった。

それは俺がアナを愛しているから、ルアーナを愛していないからではない。

『私はイーサンが大好きだから』

俺はもうアナの心からの愛情を孕《はら》んだ眼差しを、表情を、声を、知ってしまった。

だからこそ、ルアーナからの愛の言葉が口先だけのものだと気付いていた。

――実は少し前から、陛下からもルアーナとの結婚を勧められるようになっていた。

とはいえ、陛下はルアーナのことを大して知る様子もなく、ただ己の利益のためだというのも分かっている。そしてそれがルアーナの家の力によるのだとも。

陛下まで利用して俺に近づく彼女には、俺と結婚しなければならない理由が何かあるのだろう。

それが家の事情なのか、政治的なものなのかは分からない。

『……分かりました。俺で良ければ』

『ありがとうございます！　嬉しいです。私のことはどうかルアーナとお呼びください。もちろん敬語も必要ありません』

だが、俺にとってもアナから離れるためには彼女の存在は好都合だったからこそ、彼女に利用されることにしたのだ。

婚約や結婚をすればアナだってもう、俺に好意を伝えてくることもなくなるはず。

たったそれだけの理由でルアーナと婚約し、一生を共にしようと決意した。

――俺にとってアナ以外は同じで、アナ以外なら誰でも良かった。

（こんな俺を知ったら、アナは幻滅するだろうか）

それでもこれくらいしないと、俺はいつかアナの好意を受け入れてしまいそうで怖かった。

あとはもう、この結婚を進めればいいだけだと思っていたのに。

数日後、ルアーナと共に陛下に婚約についての報告をした後、もう少し一緒にいたいと誘われて足を踏み入れたカフェで、アナとスティール公爵令息様に遭遇してしまった。

やはり二人が並ぶ姿はお似合いで、勝手に傷付いたような気持ちになる。

『……不躾なお願いだとは承知の上で、もうイーサン様には関わらないでいただきたいんです』

ルアーナがアナに対して心ない言葉を告げても、俺は何も言わずにいた。

本来の目的を考えればありがたいとすら思えた、のに。

『……やだ、おねがい……っやだ……』

『どうしようもなく、っ好きなの……イーサン……』

アナが誰よりも気位が高い人だということも、分かっている。

そんな彼女が泣いて俺に縋る姿に、心が焼ける思いがした。

（こんなにも俺を求めてくれている彼女を、なぜ幸せにできないんだろう）

今すぐ抱きしめて想いを伝えたいのに、俺にはその資格がない。

スティール公爵令息様がアナを連れ出してくれなければ、俺は再び間違えてしまうところだった。

『……私のこと、嫌な女だと思いましたか？』

『そんなことはない』

不安げな顔を向けてくるルアーナに対し、首を小さく左右に振る。

だが、内心ではアナ以外の女性に触れられるだけで強い嫌悪感を覚えていた。こんな調子で結婚なんてできるのだろうかと、自分に呆れさえする。

今頃アナは、彼に抱きしめられ慰められているのだろうか。彼女を突き放したのは俺なのに、そんな光景を想像するだけで、嫉妬で頭がどうにかなりそうになる。

（……これで良かったんだ）

ひたすら何度も何度も、自分にそう言い聞かせた。

数日後、仕事終わりに街中を歩いている最中《さなか》、ルアーナと婚約することにしたと報告すれば、ランドルは普段と変わらない無表情のままアメジストの瞳でじっと俺を見つめた。

『お前はいいのか？　それで』

そして静かに、そう尋ねられた。

そのたった一言から、友人であるランドルが何を思っているのかが伝わってくる。俺の心のうちを見透かしたような瞳から目を逸らすと、俺は『ああ』とだけ返す。

ランドルは『そうか』とだけ呟き、それ以上は何も言わなかった。

帰宅した後は今朝ルアーナから送られてきていた、婚約に関する書類にサインをして返送するつもりだった。そうすればもう、引き返せない。

スティール公爵家の力があれば、アナを守ることだってできるだろう。俺は一介の騎士として、彼女の暮らす国を守っていけばいい。

――そもそも俺さえいなければ、アナの人生は順風満帆なままだった。

だからこそ、これでアナは幸せになれると思っていた、のに。

アナから手紙が届いたのは、それからすぐだった。

手紙にはアナの綺麗な字で、これまで俺に好意を押し付けて迷惑をかけたこと、先日のカフェで泣いて縋ったことに対する謝罪が綴られていた。

（……迷惑なはずなんてない、謝るのは俺の方だというのに）

そして最後に綴られていた「本当に大好きだった」「幸せになってほしい」という言葉に、心底泣きたくなった。

アナが本当に俺を想ってくれていること、何より「だった」という過去形から彼女の中で俺に対しての想いに終止符を打ったのだと思うと、傷付いたような気持ちになる。

どこまでも愚かで自分勝手な自分に嫌気が差し、何もかもを忘れたくなって、その日の夜は飲めない酒を無理やり喉に流し込んだ。

それからも仕事に打ち込み、いずれアナのことは忘れられると信じていたのに。

偶然参加した夜会で今にも落下しそうなシャンデリアの下にいるアナを見た瞬間、前回の人生での最期の記憶が蘇り、頭が真っ白になった。

また俺は彼女を目の前で失ってしまうのかと恐怖に染まり、身が竦む。

（――俺はもう二度と、アナを失いたくない）

それでも今度は、身体が動いた。

そして無事にアナを救うことができたものの、もうだめだった。

『……どうして、あなたはこんなにも目が離せないんですか』

『俺はあなたに幸せになってほしくて、必死に離れようとしているのに』

アナへの想いや本音が溢れ、止まらなくなる。

同時に、俺は自分の弱さにも気付かされていた。

――王国最強の騎士、英雄なんて肩書きを持つ俺は、きっと誰よりもアナを守る力を持っている。

だが前回の人生のようにアナを守りきれず死なせてしまうのが怖くて、逃げていたのだと。

『ごめんなさい。私は大丈夫だから』

『助けてくれて、ありがとう』

彼女に優しく背を撫でられて宥《なだ》められた時、細い腕の中で全ての感情を吐き出したくなった。

こんな俺をまっすぐに想ってくれている彼女をただ遠ざけて、逃げて傷付けて。俺は一体何をしているのだろうと、これ以上ないほどの自己嫌悪に陥る。

（俺がすべきなのはアナを避けるのではなく、側で守ることだったのに）

そのための強さだって、この手にある。俺にとって最も大事なのは今も昔もこれからもアナで、命を懸けることだって厭《いと》わない。

今更になって気付くなんて、己の愚かさに嫌気が差す。

(もう絶対にアナから逃げたりしない)

それでもまだ間に合うのなら、許されるのなら、もう一度だけ彼女と向き合いたいと思った。


そのあとすぐ、今回の婚約に一枚噛んでいた陛下に「他に結婚したい女性がいるので、やはりルアーナとの婚約の話はなかったことにしていただきたい」と伝えた。

すると反対されるどころか「そうか、そうしなさい」とだけ言い、あっさりと話は断ち消えた。

一度目の人生で、アナとの結婚を撤回してくれと懇願した時とは大違いだと、呆れを含んだ笑いが込み上げてくる。

今回はトウラー伯爵家から頼まれただけのことだったのだろう。俺が彼女に興味がないことも伝わっていて、縛り付けるには弱いと思ったのかもしれない。

ルアーナには謝罪をし、どうか白紙にしてほしいと伝えたが、強く食い下がられた。

『どうしてですか？　私に悪いところがあるのなら、全て直しますから……！』

『本当に申し訳なく思っている』

『酷いです、私はこんなにもイーサン様のことを愛しているのに！』

お願いですから、と俺に縋り付くルアーナははらはらと大粒の涙を流していたが、それは俺への愛情によるものではない気がしてならない。

別の何かに対する強い焦りが感じられ、その必死さには罪悪感を抱き、胸が痛んだ。

（彼女もまた、政治や血筋のための駒にされているのかもしれない）

過去の人生での俺やアナのように。

切に同情はしたものの、俺の心は決まっていた。

『すまない』

『……っ』

ルアーナにもそれが伝わったのか、彼女はきつく唇を噛み締めると『もういいです』と言い、涙ながらに立ち去っていった。

まだ口約束で書類上の手続きまで進んでいなかったため、俺と彼女の関係はこれで終わりになる。

もう何のしがらみもなくなった今、次にすべきことはアナに謝罪をして、側にいさせてほしいと伝えることだと思った。

この状況でアナの側にいるには、婚約者という立場が必要だ。俺のせいで醜聞が流れてしまっている以上、関係に名前がなければまた良からぬ噂が流れてもおかしくはない。

だが、ルアーナと婚約しようとして彼女をあんなにも傷付けたばかりだというのに、どの面を下げてそう伝えればいいのか分からなかった。

前世で不幸にしてしまったから避けていた、と正直に説明することだってできないのだ。

（好きだなんて、言えるはずがない）

今の俺に、アナに好きだと告げる資格があるとは思えなかった。好きだと伝えるとしても、彼女を殺そうとした犯人から守りきってからにすべきだろう。

そもそも今更遅いと言って、追い返されるかもしれない。

彼女の中ではもう気持ちに区切りを付けていて、既にスティール公爵令息様からの求婚を受け入れている可能性だってあるのだから。

だが結局、そんな考えも杞憂《きゆう》に終わり、想いも伝えずに婚約の申し込みをした俺に対し、アナは涙を流しながら喜んでくれた。

『嬉しくてびっくりして、少し涙が出ちゃっただけで……』

その姿が愛おしくて仕方なくて、抱きしめたくなるのを、今すぐにでも好きだと伝えてしまいたくなるのを必死に堪えていた。


――そうして婚約を経て俺の屋敷で暮らすことになり今に至るものの、あまりにもアナが可愛いせいで自制心が利かなくなり「想いを伝えるのは、彼女を殺そうとした犯人から守りきってから」という当初の誓いは、常に揺らぎっぱなしだった。

今ではまっすぐに愛情を向けてくれるアナの気持ちに答えるべきかどうか、悩み続けている。

「……本当に、どうしようもなく好きなのにな」

今回の人生で彼女への想いを口にするのは、初めてだった。

言葉にすることで、胸の奥に秘めていた想いが一気に溢れてくる。

(今世こそはアナを幸せにしたい)

だが未だに前回の人生で彼女を殺した犯人だって見つかっていないのだから、浮かれている暇などないことも分かっている。

まずは今世で魔物を使い彼女を殺そうとした犯人を見つけ出すと、固く心に誓った。

第四章

レイクス伯爵邸で暮らし始めてから、半月が経った。

「行ってらっしゃい。気を付けてね」

「はい、アナスタシア様も」

仕事へ向かうイーサンを笑顔で見送り、浮かれたまま今来たばかりの廊下を戻る。

最初はぎこちなかったけれど、毎日のように続けているうちに今では自然なやりとりができるようになった。イーサンも小さく笑顔を返してくれて、今日も「好き」で全身が満たされていく。

マリア曰《いわ》く、イーサンは私が朝見送る前はソワソワしていて、やけに鏡を見て髪や服などあちこち気にしているんだとか。

（なんだか私のことを意識してくれているみたい）

軽い足取りで自室へ戻った私はすぐに、パトリスに身支度を頼む。

「今日はご友人とお会いになるんですよね？」

「ええ。ニコルとライラと三人で出かけるの」

彼女達と会うのは私が部屋に閉じこもっていた時以来で、今日は三人でお茶をしたり、街中で買い物をしたりする予定だ。

イーサンと婚約したことは手紙で伝えたところ「驚きすぎて訳が分からない」「どういうことなのか詳しく説明しなさい」と、すぐに返事がきていた。

私が一方的にアタックしていた状況から急に婚約なんて、誰だって驚くのも当然だろう。

化粧台の前に座りパトリスに髪を結い上げてもらいながら、早く友人達にイーサンとの幸せな生活について聞いてもらいたいと、弾む胸の前でぎゅっと両手を組んだ。

「ニコル、ライラ！」

待ち合わせ場所であるカフェの中に二人の姿を見つけ、手を振りながら近づいていく。

二人も気付いてすぐに笑顔で手を振り返してくれたけれど、私の背後に視線を向けた途端、ぴたりとその手を止めた。

「……あなた、パレードでもしているの？」

「やっぱり浮いてるわよね……でも、イーサンが付けてくれたの」

そう、私の後ろにはイーサンが付けた大勢の護衛が控えている。

こんなに必要ないと言っても、毒蛇の魔物に襲われた事件の犯人が捕まっていない以上、油断はできないとイーサンは聞く耳を持ってはくれない。

王族かというほどの護衛の数に、友人達含め周りから注目を集めてしまっていた。

「本当に婚約者として大事にされているのね」

「ええ、そうなの。あんなに心配をかけたのに、結局こんな形になってごめんなさい」

「謝る必要なんてありませんよ。アナスタシア様が幸せな結果になるのが一番ですから」

「そうそう、とりあえず座りましょう」

ニコルに背中を押され、ライラの隣の席に腰を下ろし、ケーキセットを注文する。

「で、本当に何があったの？　婚約について知らせる手紙が届いてからはすごく気になって、夜しか眠れなかったんだから」

「ぐっすり眠れているようで何よりだわ」

おどけるニコルは両腕をテーブルに乗せ、身を乗り出してくる。

ライラも興味深々という様子で「詳しく聞きたいです」と目を輝かせていた。

「正直、私も何が起きているか分からないんだけど……」

それからはお茶をしながら、ここ最近起きたことをかいつまんで話した。

二人は時折相槌《あいづち》を打ちつつ、じっと聞いてくれている。

やがて話し終えると、二人は興奮した様子でぱちぱちと拍手をしてくれた。

「なるほどね、急展開ではあるものの良かったじゃない。おめでとう」

「はい。アナスタシア様が幸せそうで私も嬉しいです」

「ありがとう、本当にみんなのお蔭だわ」

彼女達がいなければ、私は今世でイーサンと関わる機会をほとんど得られなかっただろう。

「そう？　そもそもレイクス卿は、アナスタシアのことが好きだったと思うけど」

「まさか、イーサンは最初あんなに冷たかったのよ」

「もしかするとアナスタシア様のことをお慕いしていたものの、何かお近づきになってはいけないような理由があったのかもしれませんよ」

ライラの言葉に一瞬はっとしたものの、イーサンにそんな理由があるとは思えなかった。前世で彼にそんな事情はなかったし、平民出身である以上家のしがらみだってないはず。

「それにしても、夜会でアナスタシア様を助ける姿は素敵でしたね」

「ええ、本当に。もしかするとあれが婚約のきっかけだったのかもしれないわよ。失ってから気付くなんて言葉もあるくらいだし、アナスタシアを大切だと実感したのかも」

「な、なるほど……」

そう言われると、なんだかそんな気もしてくる。

結局はイーサンのみぞ知るわけで、本人の口から聞くまでは分からないのだけれど。

「侯爵様は大丈夫なの？」

「お父様から手紙が来たけれどそれはもうお怒りで、勘当するそうよ」

家には戻らず、公爵家との婚約の話も無理やり反故《ほご》にしたのだから当然だろう。

そもそも婚約自体が勝手に進められていたというのに自分達の行いを棚に上げており、我が子宛とは思えないほど、手紙は罵詈雑言《ばりぞうごん》で埋め尽くされていた。

それでも、これでもう実家と縁が切れたと思うと、むしろ胸がすっとした気持ちだった。

（……でも、やっぱりテオドールから返事はなかったのよね）

使用人に直接届けてもらったため、彼の手に手紙が渡っているのは確実だけれど、反応はないまま。

とはいえ、当然なのかもしれない。

私なら愛する相手が自分以外と婚約したという報告に対し、返事なんてできそうにない。

『アナスタシアはいつも頑張っていて偉いよ。僕はちゃんと知っているから』

子どもの頃からずっと一緒だった、大切な幼馴染。もう彼とはこれまでのような関係でいられないことを考えると寂しくて、傷付けてしまったと思うとひどく胸が痛んだ。

それでも私にとって一番大切なのはイーサンで、もう絶対に間違えないと決めたのだ。

心苦しいけれど、後悔はなかった。

◇◇◇

ある日の晩、私は食卓に並ぶ普段よりも豪勢な料理を前に、首を傾げていた。

「今日って何かお祝いがあるの？」

「アナスタシア様が屋敷に来て一ヶ月経つので、そのお祝いだと料理長が腕を振るったそうです」

「まあ、そうだったのね！　嬉しいわ」

イーサンの返事に、私は思わず両手を合わせて喜んでしまう。前回の人生とは違い、今世では伯爵邸の使用人達とも積極的に関わり、感謝の言葉を伝えるようにしていた。

屋敷の主であるイーサンに対して素っ気ない態度だった私にも心を尽くしてくれた彼らには、とても感謝している。

「とても美味しい、後でお礼を言わないと」

「……それは良かったです」

美味しい料理をいただきながらついつい笑顔になってしまっていると、つられたようにイーサンも小さく微笑んでくれる。

私は舞い上がってしまって、いつもよりお喋りになってしまっていた。

「そういえば、今日は少し遅かったわよね。仕事が長引いたの？」

「いえ。今日は孤児院に行ってきました」

一度孤児院で顔を合わせたせいか、前世と違って孤児院について話すイーサンに、気まずさを感じている様子はない。

そのことに内心安堵しながら、ふと以前このやりとりをした日に、何か他にも彼と大事なやりとりりをしたことを思い出す。

（一体、なんだったかしら……）

水の入ったグラスをくるくると回しながら記憶を辿る中、イーサンが静かに口を開く。

「来週、二日ほど屋敷を空けることになりそうです」

そしてそう告げられた瞬間、私ははっと顔を上げた。

（陛下とヴァリス大森林に狩りに行くんだわ！）

私が子どもみたいに駄々をこねて同行する約束をもぎ取って行った狩猟旅行の日が、近づいていることに、ようやく気が付く。

そこで私はランドル卿からイーサンと私がなぜ婚約に至ったのかを聞いて涙し、彼への好意を自覚したのもこの旅行がきっかけだった。

「そうなのね。どこへ行くの？」

「……少し仕事の予定がありまして」

「…………？」

一応、答え合わせをしようとイーサンに尋ねたものの、彼はぼんやりと濁すだけ。

前回は「陛下やランドル卿と一泊二日で狩りに行く」とはっきり話していたため、少しの引っかかりを覚えてしまう。

同時に私はふと、一番大事なことを思い出す。

(そうだわ、あの日はキリムに襲われて……！)

イーサン達が狩りをしている間、森の入り口付近のテントで待機していた私達のもとに、キリムという魔物が現れたのだ。

あの場に残っていた騎士達も長くは持たないだろうと絶望する最中、急ぎ戻ってきてくれたイーサンが倒してくれた。

彼のお蔭で事なきを得たけれど、あれは人生で三番目に恐ろしい体験だった。

「……あ」

そして、気付いてしまう。イーサンは私を心配して護衛騎士に緊急連絡用の魔道具を持たせていたから、あの場にすぐに駆け付けられた。

つまり私がキリムに襲われる現場にいなければイーサンは陛下達と狩りを続けたままで、助けは間に合わず、あの場にいた人々は命を落としてしまう可能性が高い。

彼らとはほとんど関わりはないものの、このまま見過ごして大勢の人が亡くなってしまえば、私は一生後悔するだろう。

(でも、今のイーサンは過去のイーサンと違って私を溺愛してはいないし、同じように魔道具を持たせるとは限らないのよね……)

とはいえ、私が事前に魔道具を準備しておいて「何かあったら助けに来てほしい」と懇願すれば、優しい彼は聞き入れてくれるはず。

本当は「あの場所は危ないから行かないでほしい」「待機場所を変えるべきだ」と伝えられたら良いけれど、何の根拠もないまま他人の私が陛下の参加する旅行に口を出せるわけがない。

（とにかく今回も一緒に行くしかないわ）

そう心に決めた私は、グラスを置いてイーサンへ視線を向けた。

「どこへ行くの？」

「仕事です」

「場所は？」

「少し離れた場所です」

「誰と？」

「仕事関係の方々とです」

「…………」

私も行くと言いたいだけなのに、イーサンはなぜか頑《かたく》なに詳細を教えてはくれない。

不思議に思いつつ絶対に行かなければと思った私は、強硬手段に出ることにした。

「もしかして、陛下と一緒に狩りに行くんじゃない？」

「……どうしてそれを」

「ちらっと噂で聞いたの。私も一緒に行ってもいい？」

「絶対にだめです、必ず俺一人で行きます」

「えっ」

無理やり一緒に行きたいという流れに持っていったものの、今度は全力で断られてしまった。

(どうして？　以前と違って、イーサンに恋愛感情がないから？)

困惑してしまいつつも、ここで諦めてはいけないと再び駄々をこねることにした。

「あなたがだめだって言うなら、他の人に連れてってもらうわ」

「……本気で言っているんですか？」

「騎士団の他の人にお願いしてでも絶対に行くんだから！」

侯爵家を離れた私は陛下や陛下の周りの人々に相手にされないだろうし、頼れるのは陛下と同行する一部の騎士団員くらいだろう。

「は？」

イーサンの声が、ワントーン低くなる。端整な顔には苛立ちの色が浮かんでおり、私に対してこんな態度を取る彼は初めて見た。

私が訳の分からない我儘を言っていることに、腹を立てたのかもしれない。

それでも大勢の人の命がかかっているのだから、こちらも譲れなかった。

「どうしてあんな森に行きたがるのですか？　自然と触れ合いたいのなら、別の場所をすぐに手配しますから、そちらへどうぞ」

「イ、イーサンこそ、どうしてそんなに嫌がるのよ！」

素っ気ない言い方をされてしまい、心の中で涙を流しながらも負けじと言い返す。

するとイーサンは一瞬、ぐっと怯《ひる》む様子を見せた後、静かに口を開いた。

「……危険だからです」

「えっ？」

「あなたを危険な目には遭わせたくない」

「…………」

本来、ヴァリス大森林には魔物はほとんど生息していない。たまに目撃されるのも弱い小さなものばかりで、だからこそ安全な狩り場として陛下まで使われている。

過去の人生でキリムが迷い込んできて現れたのは、本当に稀《まれ》で不運だった。

（それなのに、どうしてイーサンは危険だなんて言うの？）

最初は私を連れていかないための口実だと思ったけれど、イーサンは本気で私を心配するような表情を浮かべている。

「大丈夫よ。護衛も大勢連れていくし、身を守る魔道具もたくさん持っていくから」

それでも私も折れずに「お願い」と真剣な表情でイーサンを見つめると、彼はしばらく悩む様子を見せた後、溜め息を吐いた。

「……分かりました。絶対に俺の言うことを聞いてくださいね」

「ええ！　分かったわ、ありがとう」

「ここで断っても、俺に黙って勝手に参加しそうなので」

「あら、よく分かったわね」

とにかく参加できそうで胸を撫で下ろしつつ、当日までに過去のことを細かく思い出し、キリムの対策をしっかり練らなければと固く決意した――のだけれど。

◇◇◇

「……な、なんで……?」

あっという間に迎えた狩猟旅行の二日目、私はテントの中で頭を抱えていた。

(何もかもが、前回の人生とは違う)

そう、いざヴァリス大森林へイーサンと来たはいいものの、一日目、イーサンは私に大勢の護衛を付けた後、森の中へ行って夜遅くまで戻ってこなかった。

前回は二人で森の中を散歩したり、一緒に食事を取ったり楽しく過ごしたからこそ、戸惑いを隠せなかった。やはり私とイーサンの関係が変わってしまったからなのだろうか。

『一日中、森の中で何をしていたの?』

『少し、散歩をしていただけです』

『……あなたって本当に嘘が下手よね』

『…………』

イーサンはやはり何かを隠しているようだけれど、私に話すつもりはないようだった。

腕の立つ騎士を大勢連れてきたし、とにかく明日イーサンに連絡用の魔道具を渡して、犠牲を出さないようにしながら彼の助けを待つしかないと考えていた、のに。

翌日の今日、待機場所として案内された場所は、前回とは全く違う場所だった。

キリムが現れた場所とは離れていて、拍子抜けしてしまう。

(本当に、どうしてなの……?)

分からないことばかりとはいえ、この場所にいればキリムが現れる可能性は限りなく低いはず。

誰も危険な目に遭うことがないのなら良かったと、ほっと安堵した。

「……でも、万が一ってこともあるわよね」

そう思った私は椅子から立ち上がり、出発前のイーサンのもとへ向かおうとしたところ、入り口でばったりテントの中へ入ってこようとするイーサンその人に出くわした。

何か私に用事があったのだろうかと思いながら、まずはお願いをしようと口を開く。

「ねえ、イーサン。何かあったらこれを——」

「アナスタシア様、何かあったらこれを——」

すると見事にイーサンと声が重なり、お互いに差し出した手には全く同じ通信用の魔道具が乗せられていて、二人して固まってしまう。

「…………」

「…………」

こんな偶然があるのだろうかと思いながら顔を上げると、イーサンも困惑しているようだった。

「え、ええと、何かあった時に助けに来てもらえたらなって思ったの。私が無理を言ってついてきたくせに、こんなお願いをするのもどうかと思うんだけど……」

「いえ。俺も同じことを考えていたので、良かったです」

イーサンはそう言うと、自身の持っていた魔道具を私に渡した。ペアで使うもので、セットで売られている同じものを使わなければならない。

「ありがとう、あなたもどうか気を付けて」

「はい。何かあったらすぐに連絡をしてください」

「ええ」

イーサンは小さく微笑むと、陛下のもとへ向かっていく。

その背中を見つめながら、私は嬉しさが込み上げてくるのを感じていた。

（……ちゃんと、心配してくれた）

本当は前回と同じ場所に来て、過去と関係が変わっていることに寂しさを覚えていて。

『あなた以外に興味がないので』

『これから先も、アナスタシア以外に触れることはありません』

この場所での思い出やイーサンから向けられた愛情を思い出す度、胸が痛んだ。

それでも、たとえ形だけの婚約者としての心配だったとしても嬉しくなってしまう私は、どこまでも単純なのだろう。

「よし、あとはここで戻ってきたイーサンを笑顔で出迎えないと」

軽く頬を叩いて、気持ちを切り替える。

そして今回こそは彼にとっても楽しい狩猟になりますようにと祈りながら、パトリスにお茶でもしようと声をかけた。


それから二時間半ほどして、読書をしていた私はテントの外が騒がしいことに気が付いた。

「……何かあったのかしら」

本を閉じてテントの外に出ると、大勢の使用人が慌ただしい様子で駆け回っている。

「どうしたの？」

「どうやら、とある騎士の息子の姿が見えなくなったようなんです」

「なんですって？」

近くにいたメイドに話を聞いたところ、家族で今回の狩猟旅行に参加していたものの、少し目を離した隙に六歳の男の子がいなくなってしまったという。

現在も手分けをして捜しているけれど、未だに見つかっていないらしい。

「まあ子どもの足ではそう遠くには行けないでしょうし、この森は安全ですから」

「……っ」

彼女同様、この場にいる人々からはあまり危機感が感じられない。命を脅かす魔物がいないと思われているからなのだろう。

（けれど、違う）

この森の中にはキリムがいるはず。心臓が嫌な音を立て、早鐘を打っていく。

「……ねえパトリス、腕の立つ護衛を二人呼んできて」

「えっ？　どうかされたんですか？」

「いいから早く！　お願い！」

私の切羽詰まった様子が伝わったのか、パトリスは頷くとすぐに走っていった。

（万が一、キリムがいた場所まで迷い込んでいたとしたら……）

そう考えると居ても立ってても居られなくなり、やがて護衛がやってくると、私は「子どもを捜してくる」と言ってあの場所へと向かう。

危険な魔物がいないと誰もが思っているため、引き止められることはなかった。パトリスも一緒に捜すと言ったので、他の護衛達と待機場所のあたりを捜すようお願いしておいた。

近くまで行って様子を見て、そこに子どもがいなければキリムを避けて戻ってくればいい。

（どうか私の杞憂で終わりますように）

そう祈りながら、森の中を走っていく。

何かあった時のために、パンツスタイルで靴も底の低い動きやすいものにしておいて正解だった。護衛達には「少し気になる場所がある」としか説明していないものの、それ以上は何も聞かずについてきてくれている。

「はあっ……はあっ……」

「アナスタシア様、大丈夫ですか」

「ええ」

平気だと返事をしたものの、肺のあたりや脇腹が痛い。運動不足と体力のなさが恨めしくなり、無事に帰った後は日常的に運動をしようと決める。

そうしているうちに、前回の待機場所——キリムが現れた場所の手前に到着した。

少し離れた場所から見たところ、開けた地面の上にはキリムの足跡はなく、まだこの場には現れていないことが窺える。

子どもの姿もなく、ほっと安堵した時だった。

「……ぇん……ぅえー……」

かすかに聞こえてきたのは子どもの声で、はっと顔を上げる。護衛達にも聞こえていたようで、彼らもあたりを見回している。

「——あ」

やがて木々の間から、涙が流れる両目を手で覆いながら小さな男の子が現れた。

「うぇぇん……おかあさん……」

「……っ」

男の子はふらふらとキリムが現れた場所へ近づいていき、私はその場から駆け出す。

側へ駆け寄ると、私の姿を見て男の子はほっとした表情を浮かべた。

「もう大丈夫よ、お母さんのところへ戻りましょう?」

「っうん……」

目の前にしゃがみ込んで、頭を撫でているうちに泣きやんでくれる。

この子を連れて急ぎ元の待機場所へ戻るため、護衛達に声をかけようとした時だった。

草木が揺れる音がして慌てて振り向くと、そこにいたのは愛する彼で。

「アナスタシア様、どうしてここに……」

彼の姿を見て困惑する私同様、イーサンも信じられないという表情を浮かべている。

けれど、この場に彼が来てくれたことに心底安心していた。

あれほどの恐ろしい魔物を、イーサンは一瞬で倒してのけたのだから。

(もうこの場所まで来てしまった以上、倒してもらった方が安全かもしれない)

私はぎゅっと両手を握りしめると、イーサンを見上げた。

「もうすぐこの場所にキリムが現れるかもしれないの!」

そう告げた瞬間、イーサンははっと息を吞む。

「なぜ、それを……」

「えっ？」

そしてこんな突拍子もない話に対して困惑するどころか、なぜか思い当たるような顔をする。

私もまたそんなイーサンに戸惑った瞬間、背後から「どすん」という聞き慣れない嫌な音がして、すぐに視線を向ける。

するとそこには七つの頭と七本の角、七つの目を持つ魔物――キリムの姿があった。

前回の人生で見たものと全く同じ恐ろしい姿に、ぞくりと鳥肌が立つ。

（やっぱり、現れた）

震えて声も出ない男の子を、キリムから隠すように抱きしめる。

イーサンはそんな私に「大丈夫です」と声をかけた。

「すぐに倒しますから」

冷たい眼差しをキリムへと向けたイーサンは剣を抜き、地面を蹴った。

次に瞬きをした時にはもう、一番手前にあったキリムの頭は落とされていて、地面を揺らすような断末魔の叫びがびりびりと鼓膜を震わせる。

「グアアアア！」

次々と確実に頭を落としていくイーサンの姿を、私だけでなく護衛の二人も腰に下げた剣の柄《つか》を握ったまま、黙って見つめていた。

この場での加勢は、かえって彼の邪魔になると判断したのかもしれない。

「……すごい」

あっという間にイーサンは全ての頭を落とし、キリムの巨体は大きな音を立てて地面に倒れた。

前回よりも間違いなく早くて、彼が以前よりも更に強くなっている気がした。

やはり今回も彼の圧倒的な強さに呆然としていると、複数の足音がこちらへ近づいてくる。

「ロナルド！　ああ、良かった……！」

「おかあさん……っ」

母親らしき女性が駆け付け、男の子をきつく抱きしめる。涙ながらに無事を確かめる姿に、ほっと胸を撫で下ろした。

（誰も怪我せずに済んで、本当に良かった）

前回とは違って誰一人負傷せずに済んだことで、全身の力が抜けてしまう。

そんな私の身体を、後ろから抱きしめるようにイーサンが支えてくれた。腹部に回された左腕や背中越しに伝わってくる体温に、胸が高鳴る。

（ち、近い……じゃなくて！）

ついときめいてしまったものの、今の状況を思い出した途端、冷静になってしまった。

突然「キリムが現れる！」と言い出して、本当に現れるなんておかしいにもほどがある。

どう誤魔化そうかとぐるぐる必死に言い訳を考えていると、イーサンは私の手を引いてどこかへ向かって歩き出した。

「ね、ねえ、どこに行くの？」

「………………」

私の問いに答えてはくれないイーサンはやがて、人気のない森の中で足を止め、口を開く。

「……なぜ」

今にも消え入りそうな、イーサンらしくない声は震えていた。

イーサンは困惑する私から離れて向かい合う形になると、そのまま私の両腕をきつく摑んだ。

その顔はひどく真剣なもので、戸惑ってしまう。

「なぜ、キリムが現れると分かったんですか」

「え、ええと、それは……」

いくら考えたところで、この状況を上手く逃れる言い訳なんて思いつくはずがない。

もうここは本当のことを冗談めかして言って誤魔化そうと、へらりとした笑みを浮かべる。

「実は私ね、人生をやり直しているから未来のことが分か……」

けれどそこまで言いかけて、私は言葉を途切れさせた。

「……っ」

イーサンが両目を見開いて息を呑み、ひどく動揺している様子を見せたからだ。

そして私から両手を離し、まるで距離を取るように一歩後ずさった。どこか怯えているようにも見えて、思わず伸ばしかけた手を自分の胸元に引き寄せる。

「イーサン……？」

なぜこんな反応をされているのか分からない。くだらない冗談だと笑ってくれるだろうと思っていたため、困惑してしまう。

イーサンは私から目を逸らさず、まるで時が止まったように動かない。どうしたらいいのか分からず不安で落ち着かない気持ちを抱えたまま、イーサンを見つめ返すことしかできない。

それから私達の間にはしばらく重い沈黙が流れた、けれど。

「アナにも、前世の記憶があったんですか……？」

やがて掠れた声でそう尋ねられた瞬間、頭が真っ白になった。

（私に「も」って、どういうこと……？）

心臓がこれ以上ないくらい早鐘を打ち、呼吸をするのも忘れてしまう。

――だってそんなの、まるで。

「……もしかして、イーサンにも記憶があるの？」

そんなこと、あるはずがないのに。

そう思いながらも震える声で尋ねると、イーサンは口元を片手で覆った。

彼の反応から、答えを聞かずとも分かってしまう。

「……はい」

今にも消え入りそうなくらい小さな声で、イーサンは肯定した。

（イーサンにも、過去の記憶があるなんて……）

それならどうして、出会いからあんなに冷たかったのだろう。

今まで言ってくれなかったのだろう。

そんな疑問は尽きないけれど、前世とは違う彼の美しい所作など、納得できる部分があるのも事実だった。頭の中も心もめちゃくちゃで、尋ねたいことはあるのに何も言葉が出てこない。

「ごめ……っ、なさ……」

それでも何か言わなきゃと必死に唇を開き、やがて口をついて出たのは謝罪の言葉だった。

（本当はずっとずっと、謝りたかった）

――イーサンはあんなにも私のことを愛してくれて、大切にしてくれたのに。

私は傷付けることばかりをして、最期まで彼に何も返せなかった。

けれど目の前のイーサンは私の知っていたイーサンではないと思っていたから、同じく前回の人生では言えなかった「好き」だけを伝えていたのだ。

「……っ、たくさん……、傷付けて……私……」

涙が止まらなくて、上手く喋れないのがもどかしくて悔しい。

何度も「ごめんなさい」と繰り返す私に対し、イーサンはやはり困惑しているようだった。

「……なぜ、あなたが謝るんですか。謝るべきは俺の方です。アナの人生を俺が狂わせてしまった」

「っ違うの、そんなことない……！」

イーサンは未だに罪悪感を抱いているようで、必死に否定する。

確かに初めは全てを恨んだし、悲しくて惨めで辛い思いもした。それでもいつしかイーサンのことを心から愛し、妻としての日々が幸せだと思えるようになっていたのだから。

「……とりあえず場所を変えましょうか」

イーサンが差し出してくれたハンカチを受け取った私は、宿泊している屋敷の彼の部屋へと向かったのだった。


イーサンに勧められたソファに座ると、彼もまた私から少し離れた場所に腰を下ろした。

ここへやってくるまでの間もずっとイーサンは私に対して距離を置くような態度で、心の中は不安でいっぱいになる。

ようやく泣きやんで私が落ち着いたのを確認したイーサンは、少し安堵した表情を浮かべた。

「メイドを呼んでお茶の用意をさせますか？」

「ううん、大丈夫」

少し喉は渇いていたけれど、今はイーサンと二人でいたかった。

(まさかイーサンも人生をやり直していたなんて……でも、一体いつから？　私は死んだタイミングだったけれど、イーサンは無事だったはずなのに)

まだ実感が湧かない上に、分からないことばかりで落ち着かない。

「……アナはいつから記憶があるんですか」

「えっ？　ええと、今回の人生をやり直した時よ。本来あなたとの結婚が決まるはずだった日の一ヶ月くらい前からやり直しているんだけど」

素直に答えると、イーサンは信じられないという顔をした。

「そんなこと、絶対にあり得ません」

「ほ、本当よ！　こんな嘘なんてつかないわ。どうしてそう思うの？」

「……記憶のあるアナが、俺を好きなんて言うはずがない」

その瞬間、イーサンの中の私はまだ彼を憎んでいる存在なのだと悟った。

結局、前回の人生で私は最期まで、ちゃんと好きだと伝えられなかったのだから。

「それに――っ」

イーサンは続けて何かを言いかけたけれど、躊躇うように言葉を途切れさせ、唇を噛んだ。

その表情はとても辛そうで悲しげで、心配になる。

「どうしたの？　何かあった？」

「…………」


イーサンは俯き口を閉ざしていて、よほど口にしたくない話なのかもしれない。

けれどそれから少しの後、彼は静かに口を開いた。

「アナは最期、俺に『許さない』と言ったでしょう」

全く予想もしていなかった、かつ絶対にあり得ない言葉に思わず言葉を失ってしまう。

それでもすぐに我に返った私は、首を左右に振って否定した。

「私はそんなこと言っていないわ！　言うはずがないもの！」

本当に違うと否定すると、イーサンは形の良い眉を顰める。

(イーサンがそんな風に受け取っていたなんて……)

あの時の私はもう命尽きる寸前で唇すらまともに動かせず、上手く言葉を紡げていなかった。

そんなイーサンを庇って死にかけている私に対し、彼は罪悪感を覚えていたはず。

イーサンには、より誤解してしまうような形で伝わってしまったのかもしれない。

最後に「許さない」なんて言葉を受け取ってしまった彼は、これまでどれほど傷付き、自分を責めたのだろう。

そう考えると、痛いくらいに胸が締め付けられた。

先ほど記憶があると伝えてから距離を置かれていたのも、目の前の私が「許さない」と言って死んでいった私と同一人物だと思ったからだろう。

「……本当に、ごめんなさい」

「いえ、アナは悪くありません。ですが、それならなんと言っていたのですか？」

「えっ？　ええと……それは……」

あの時の言葉は全て本音だったし、気持ちは一切変わっていない。

それでも今ここで改めて口に出すのは、ものすごく恥ずかしい。

そうして口ごもっていると、私が気遣って否定しているだけで、想像通りの発言だったと思ったらしい。イーサンは更に悲しげな顔をした。

「う……」

このままでは、またすれ違ってしまうかもしれない。

そう思った私は羞恥心を抑え付けながら、きつく目を閉じ、半ば叫ぶように答えた。

「ゆ、許して、ごめんなさい、あ、愛してるって言ったの！」

「──は」

想像とは真逆すぎる愛の言葉だったことに、イーサンは驚きを隠せずにいるみたいだった。

生まれて初めてちゃんと「愛している」と言ったことで、じわじわと頬が熱くなっていく。

(こんな形で伝えることになるなんて……！)

しばらく両手で顔を覆っていたものの、そっと指の隙間からイーサンの様子を窺う。

「……嘘だろう」

イーサンはやはり信じられないらしく、整いすぎた顔にははっきりと困惑の色が浮かんでいる。

私は最期までイーサンに対して素直になれなかったのだから、すぐに受け入れられないのも当然なのかもしれない。

それからしばらく、イーサンは言葉を失ったように固まっていた。

「……アナは前回の人生の時から、俺のことが好きだったんですか」

「ええ、そうよ」

「いつから？」

「ええと、自覚したのは狩猟旅行に行った後くらいかしら？　その前から好きだったとは思うけど」

正直に答えると、イーサンはより訳が分からないという顔をした。

「どうして、俺なんかをアナが好きになってくれるんですか」

そう尋ねてくるイーサンは、本当に私が彼を好きになったという事実を信じられないらしい。

もう順を追って最初から全て説明するしかないと思い、ひとつひとつ話していくことにした。

――初めは結婚に対して絶望していたけれど、イーサンの優しさや一途さ、誠実さに触れ、誰よりも私を想ってくれるところに惹かれ始めたこと。

好きだと自覚しても、素直になれなくて冷たくしてしまい、悔しい思いをしていたこと。イーサン本人以外、周りもみんな私の気持ちに気が付いていたらしいこと。

イーサンと本当の夫婦になりたくて告白をしようとしていたこと。その結果、あの日の劇場デートに誘ったこと。

そして火事が起こった後、イーサンが心配で劇場に戻り、庇って命を落としたこと。

次に目を覚ました時には一年前に戻っていて、今度の人生こそイーサンとちゃんと結ばれたいと思っていたのに、いざ会った彼は冷たくて困惑したこと。

それでも諦められなくて、振り向いてもらえるまで猛アタックをしようと決意したこと。

「ここからはイーサンも知る通りよ」

「……全く、気が付いていませんでした」

口元を手で覆うイーサンは、先ほどより更に戸惑っているようだった。

「アナが俺を好きになるなんて、絶対にあり得ないと思っていたんです。それにアナはスティール公爵様と想い合っているのかと……だからあの日も、別れを告げられると思っていました」

「わ、別れ……そんなわけないじゃない！　私は今も過去も、イーサンが大好きなんだから！」

「……っ」

イーサンに私の好意は一切伝わっておらず、想像していた以上に拗れ誤解をされていたことに、私は心底泣きたくなっていた。

(けれど全て、私がイーサンに対していつまでも素直になれなかったせいだわ)

一言「好き」と伝えていれば、こんなことにはならなかった。

今更悔やんでも仕方ないと分かっていても、やはり後悔してもしきれない。

その一方で、これまでのこと全てに納得がいった。

「最期まで私がイーサンを恨んでいて不幸にさせていたと思っていたから、今回の人生では私を避けていたのね」

「……はい。俺にさえ関わらなければアナは幸せな人生を歩めると信じていたんです。そんな中、アナが突然人が変わったように好意を向けてくれた時は、本当に驚きました」

イーサンからすれば、突然冷たくされる私よりも更に奇妙で恐ろしい体験だったはず。

『あまりからかわないでください、迷惑です』

『とにかく、迷惑なんです。俺のような平民上がりの人間と、あなたのような高貴な身分の方は関わるべきではありませんから』

私からの好意を信じられないのも受け入れられないのも、当然だった。

『私のことが、嫌いですか？』

『……っ』

あんなにも愛してくれていた私に好意を向けられ、それでも突き放し続けなければならなかったイーサンの心情を思うと、ひどく心が痛んだ。

お互いに態度が真逆だったからこそ、今の今まで記憶があるとは思い至らなかったのだろう。

「アナに好きだと告げられる度、嬉しくて怖くて仕方ありませんでした。少しでも気を緩めると、自分の気持ちを伝えてしまいそうで」

「……自分の気持ち、って？」

本当は彼に記憶があって、私に幸せになってほしいという気持ちから無理に冷たい態度を取っていたと知った時点で、答えは聞かずとも察しがついていた。

それでも。

（イーサンの言葉で、ちゃんと聞きたい）

私がどんな気持ちでいるのか、イーサンも察してくれたのだろう。切なげにアイスブルーの両目を細めた後、きつく抱きしめてくれた。

それだけでまた視界が滲む。


「――愛しています、アナ。今も昔も、あなただけが好きです」


そして、ずっとずっと欲しかった、聞きたかった言葉を告げられた瞬間、私は子どもみたいに声を上げて泣いていた。

嬉しくて、愛おしくて夢みたいで、そして何よりも安心していた。

――これまで辛くて寂しくて悲しくて、何度も心が折れそうになった。

それでも結局私はイーサンが好きで大好きで諦められなくて、もう一度好きだと言ってほしくて、ここまで必死に頑張ってきたのだから。

「っう……うああ……ひっく……」

「……ごめん」

優しく私の背中を撫でるイーサンは何度も「好きです」「愛してる」と言ってくれるから、余計に涙が止まらなくなってしまったのだった。

それから三十分ほどして泣きやんだ私は、散々大泣きして目も喉も痛む中、イーサンの腕の中で彼に体重を預けていた。

ようやく冷静になって色々と考えてみると、再び不安が込み上げてくる。

「ねえ、イーサン」

「なんですか?」

「私のこと、少しくらい冷めたりしていない……?」

イーサンの気持ちなんて知らずに、私はとにかく好きだと伝えるのが正解だと信じ、猛アタックしていたのだ。

私はいつの人生も間違い続けて彼を苦しめていて、心の底から自己嫌悪に陥りそうだった。

だからこそ、そもそもイーサンがなぜ私なんかを好いてくれているのか分からなかったけれど、今はもう余計に分からなくなっていた。

恐る恐る尋ねるとイーサンは眉尻を下げ、困ったように微笑んだ。

「俺はそもそも、前回の人生でもアナに冷たくされたとは思っていませんでした。むしろあの頃のアナのことを知る度に、更に好きになったくらいです」

「そ、そうなの……？」

「はい」

にわかには信じがたいけれど、ずっとイーサンを傷付け続けていたと思っていたため、ほっとしたのも事実だった。

少し話しただけでこれほどのすれ違いや信じられない話が出てくるのだから、どれほどお互いに言葉が足りなかったのかが分かる。

「私達、まだまだ話すべきことがたくさんありそうね」

「はい」

これまでのことを知るだけでなく二度とすれ違いが起こらないよう、イーサンに自分の気持ちを伝えていくべきだろう。

それにしても聞きたいことがありすぎて、何から尋ねていいのかすら分からなくなる。

「私が死んでしまった後のことから聞いてもいい？」

あれからどうなったのか、ずっと気になっていた。

置いてきてしまったテオドールや、友人達、両親の反応、そしてイーサンのあれからなど、自分の死後について聞けると思っていたけれど、イーサンは気まずそうに長い睫毛を伏せた。

「……申し訳ありません。俺も知らないんです」

「どうして？」

「…………」

何気なく尋ねたものの、目を伏せたままのイーサンは、唇を開こうとはしない。

（……まさか）

なぜ何も言おうとしないのか、なぜイーサンも知らないのかと考えた私は、ふとひとつの答えに行きついてしまった。

「あなたも死んでしまったの……？」

私の問いに、イーサンは「いいえ」と小さく首を左右に振る。

最も良くない想像が外れてほっとしたのも束の間、イーサンは口を開いた。

「自ら、命を絶ちました」

「――え？」

信じられない、信じたくない話に、言葉を失ってしまう。

「どう、して……」

「アナが俺のせいで命を落として、のうのうと生きていけるはずがありません」

私はそんなこと、望んではいなかった。

大好きなイーサンが無事でいてくれさえすれば、それで良かった、のに。

（でもイーサンは、そういう人だわ）

彼の性格や私のことをどれほど想ってくれていたかを考えれば、想像できたことだった。

けれど私が彼を庇ったことでイーサンがどう思うのか、その先の彼がどうなるのかまで、あの咄《とっ》嗟《さ》の一瞬で思い至ることができるはずもない。

私の亡骸《なきがら》の側、炎の中で一人命を絶つイーサンを想像し、胸が引き裂かれるような思いがした。

「……ごめんなさい」

「いいえ、全て俺のせいですから。他に聞きたいことはありますか？」

思い詰めてしまった私を気遣って、イーサンは話題を変えてくれたのだろう。そんな彼の優しさに感謝しながら、膝の上でぎゅっと両手を握りしめて涙を飲む。

イーサンの配慮を無下にしまいと小さく笑みを作った私は、質問を続けた。

「どうして昨日は出かけていたの？　それにさっきあの場所にいたのも不思議で」

イーサンは「ああ」と、納得したように頷く。

「昨日はキリムを討伐しに行っていたんです。残念ながら見つからなかったのですが……そして先ほどは前回同様あの場所には現れるだろうと、足を運びました」

「……そうだったのね」

待機場所が前回と違ったのも、イーサンが陛下に進言した結果だという。イーサンも私がなぜあんなにも我儘を言ってついてきたのか納得してくれたようで、本当に良かった。

「ずっと私を想って我慢してくれていたのなら、どうして急に婚約してくれる気になったの？」

「……俺はアナを幸せにできない、側にいる資格がないと決め付けて、アナを失う恐怖から逃げ続けていました。ですが、アナを側で守りたいと思ったんです」

「イーサン……」

やはりシャンデリアの落下によって再び命を落としそうになった私の姿を見て、イーサンの気持ちも変わったのかもしれない。

彼の想いに胸を打たれながら、私は「ありがとう」とお礼の言葉を紡いだ。

「もしかしてルアーナ様との婚約も私を避けるためだった？」

「……申し訳ありません。あの頃はもう本当にアナが愛おしくてどうしようもなくて、アナと公爵令息様の婚約の妨げになってしまいそうだったので」

それくらい私のことを想ってくれていたことを嬉しく思ってしまいつつ、ひとつの疑問が浮かぶ。

「どうしてテオドールとの婚約について知っていたの？　もしかしてお父様に言われた？」

「……いいえ」

テオドールとの婚約話についてはまだ、身内しか知らなかった。ニコルやライラからも噂になっていたという話は聞いていないし、お父様が違うとなれば残るは一人しかいない。

「――まさか、テオドールから聞いたの？」

イーサンは否定も肯定もしなかったけれど、それしかない。

イーサンに伝えれば私と距離を置こうとすることくらい、テオドールは分かっていたはず。

私との婚約を滞りなく進めるため、あえてそうしたとしか思えなかった。

（私には幸せになってほしいと言っておきながら、裏でそんなことをしていたなんて……）

心の中でテオドールに対して少しずつ積み重なっていた違和感や不信感が、大きくなっていく。

イーサンと婚約まで約束したルアーナ様との関わりを隠していたことだって、やっぱりおかしい。

今も大切な幼馴染であることに変わりはないし、申し訳なく思っていることも多々あるけれど、テオドールの全てを信用してはいけない気がした。

「アナ」

じっと考え込んでいるとイーサンに名前を呼ばれ、顔を上げる。

すると溶け出しそうなほど熱を帯びた瞳と、視線が絡んだ。

「俺は絶対に、アナ以外に心が動くことなどありません」

「本当に？」

「何度人生を繰り返したとしても、絶対に。アナだけを愛しています」

「……っ」

まっすぐな愛の言葉に、胸を打たれる。

「……もう一回、言ってくれる？」

「はい、何度でも。俺はアナが好きです」

何度も繰り返し求める私に対して、イーサンは嫌な顔ひとつせず、大切に言葉を紡いでくれる。

「心から愛しています」

これまでの全てが報われたような気がして、また目頭が熱くなった。こうしてイーサンと想いを通わせられたのは、奇跡以外の何ものでもない。

「イーサン、大好き。私のこと、ずっと好きでいてくれて、ありがとう」

拙い言葉で涙ながらに心からの気持ちを告げた瞬間、視界がぶれた。

イーサンの手が後頭部に回され、引き寄せられたのだと理解した時にはもう、唇が重なっていた。

「……っ、ん……」

もちろん前世と今世を合わせても、生まれて初めてのキスだった。

やがて唇が離れ、吐息がかかるほどの至近距離で視線が絡む。

「……アナ」

余裕のない熱を帯びた眼差しに、鼓動が乱れる。

イーサンの表情や声、全てから愛されているのが伝わってきて、胸がいっぱいになっていく。

「好きです、本当にあなたが好きです。ずっとアナのことだけを想って生きてきました」

「わ、私も、……っ」

言い終わらないうちに、今度は噛み付くように唇を塞がれる。

角度を変え、離れてはまた距離がなくなるのを繰り返す。

「……愛しています」

キスの合間に、イーサンは何度も何度も愛の言葉を紡いでくれる。

だんだんと身体に力が入らなくなって、そのままソファに倒れ込む。

「アナ」

イーサンに押し倒される体勢になってなお、唇が重ねられる。何もかもが初めてで呼吸の仕方なんて分かるはずもなく、離れた一瞬の隙に必死に息を吸うことしかできない。

「……う……ん、ぅ……」

先ほどよりもずっと遠慮のないもので、いつもイーサンは私を気遣って自分を抑えていると感じていたけれど、なんというかこれが彼の本来の素の感情のような気がした。

いつの間にか両手の指を絡め取られ、ソファに押さえ付けられる。

その荒々しい手つきからも、イーサンが男の人なのだと思い知らされていた。

「はあっ……は、っ……」

私を見下ろすイーサンからも、とっくに余裕なんて消えている。

やめないで、という気持ちを込めて、イーサンの手をきゅっと握り返す。するとそんな私の気持ちを見透かしたようにイーサンは唇で弧を描き、再び視界が彼でいっぱいになった。

すれ違っていた時間を埋め合うように、お互いを求め合う。

やがて最後に長いキスを終えたイーサンは、脱力したように私の首筋に顔を埋《うず》めた。

「申し訳ありません。アナが愛おしすぎて、抑えきれませんでした」

息が切れていて上手く言葉を話せそうにないけれど、謝ることなんてない、嬉しかったと伝えたくて首を左右に振り、背中に腕を回す。

「本当に、大好き」

もうそれしか出てこなくてひとつ覚えみたいに繰り返すと、イーサンは眉尻を下げた。

そして私の頬にも軽くキスを落とし、愛しさと幸せを詰め込んだような笑みを浮かべる。

「……俺の方が絶対に好きですよ」

そんなイーサンの言葉がどうしようもなく嬉しくて、また泣きそうになってしまいながら、全身に多幸感が広がっていくのを感じていた。

第五章

お互いに記憶を持ったままやり直したことを知り、イーサンと想いを通わせてから一週間が経つ。

ヴァリス大森林から王都へ戻ってきた後も、何もかもが夢みたいで。朝目が覚める度にこれは現実だろうかと不安になって、パトリスにしつこく尋ねるのが日課になっている。

身支度を整えてもらった後も、ついつい何度も鏡を確認してはそわそわしてしまう。

「大丈夫？　今日も可愛い？」

「はい。お嬢様よりも素敵な女性はいませんよ」

パトリスに背中を押されて自室を出た私は、居間へと向かう。

これまでは食堂で毎朝顔を合わせていたけれど、最近はすれ違っていた過去を少しでも埋められたらとお互い三十分だけ早起きをして、二人きりで話をする時間を作っていた。

居間へ着くとまだイーサンは来ていないようで、落ち着かないままソファに座って彼を待つ。

やがて足音が聞こえてきて顔を上げると、そこにはラフな服装のイーサンの姿があった。

「おはよう、イーサン！」

「おはようございます、アナ」

イーサンは当然のように私のすぐ隣に座り、慈しむような眼差しを向けてくれる。

たったこれだけのことが嬉しくて幸せで、心の中で叫び出したいくらいだった。

「今朝は一緒に庭で散歩をできたらと思ったのですが、生憎《あいにく》の雨でしたね」

「ええ、残念だわ。明日はいきましょう」

「実は前の人生で、いつも侍女と散歩しているアナを、部屋から見ていたんです」

「そうだったの？　全く気が付かなかった」

お互いに知らないことだらけで、話をする度いつも驚いてばかりいる。

中でも一番驚いたのは、ヘルカはイーサンが付けてくれていた護衛だったということだろう。

（世間知らずの私は、護衛の練習という話をすっかり信じていたんだもの）

イーサンはずっと私を気にかけて守ろうとしてくれていたのだと思うと、胸が温かくなる。

これまでのことを話す度、お互いにどれほど想い合っていたのかを実感し、すれ違っていた時間を少しずつ埋めていくような感覚がしていた。

「これからもたくさん、イーサンのことを教えてね」

「もちろん」

これまでイーサンと穏やかでゆっくりとした時間を過ごすことも、ほとんどなかった。何気ない時間も大切にしつつ、過去にできなかったあのリストの内容も叶えていきたい。

そんなことを考えていると、窓からの日差しを受け、イーサンの手元で何かがきらりと光る。

「その水晶の話も、不思議よね」

「はい、本当に」

常にイーサンの腕につけられているブレスレットの赤い水晶は、前回の人生でのデートで、私が欲しいと言ってプレゼントしてもらったものだという。

（だから以前、見覚えがあると思ったのね）

街中でイーサンが探し物をしていて、その際に私が拾って渡したのもこの水晶だった。

イーサンから聞いた話によると、この水晶に「もう一度、全てをやり直したい」と願ったことで、私達はもう一度人生をやり直せた可能性が高いという。

「こうして見ると、ただの安物の水晶にしか見えないのに」

ブレスレットについた赤い水晶を指先で撫でながら、露店で何気なく買った安価な品にそんな力があるなんて、やはり信じられないと思う。

（確かに願いが叶う、って言っていたけれど……）

とはいえ実際に私達は人生をやり直しているのだから、不思議な力が働いているのは事実だろう。

前世から望んでいた「イーサンと両想いになりたい」という望みが叶い、これでもうハッピーエンド――と言いたいところではあるものの、まだまだ問題は残っている。

私を殺そうとした犯人はまだ捕まっていないし、お父様もまだ諦めてはいないようだった。

イーサン側に何らかの働きかけをしているらしいものの、そんな事実があるということしかイーサンは話してくれない。きっと私に気を遣ってくれているのだろう。

国王陛下に気に入られていることと、イーサンの騎士団長としての働きもあり、今のところ全く問題はないと聞いてほっとした。

「――ナ、アナ」

「きゃっ」

また考えごとをしていたせいで、ぼうっとしてしまっていたらしい。

何度も名前を呼ばれていたことに気が付かず、我に返った時には目の前にイーサンの端整な顔があって、短い悲鳴が漏れる。

慌てて身体を後ろに引こうとしたものの背中に腕を回され、それは叶わない。

「な、なんで……」

「俺と近づくのは嫌ですか？」

そんなわけはないと、ぶんぶんと首を左右に振って否定する。

するとイーサンは唇の端に微笑みを浮かべ、更に距離を詰めてくるものだから、じわじわと顔に熱が集まっていく。

「こっちを見てください」

「む、無理よ！　イーサンが好きすぎて、恥ずかしいから！」

馬鹿正直に答えてしまったところ、イーサンはくすっと楽しげに笑った。少し幼いその笑顔が私は大好きで、こんな状況でも胸が高鳴ってしまう。

「アナは本当に可愛いですね」

「ま、待って……！」

「顔が真っ赤です。俺を意識してくれているんですか？」

「い、いいいつだって意識しかしていないわ！」

甘すぎる雰囲気や言葉に耐えきれなくなり、叫ぶように答えると、イーサンはまた笑う。

「アナのそういうところも、可愛くて大好きです」

「……っ」

耳元で低い良い声で囁かれ、心臓が破裂しそうになる。

耐えきれなくなってイーサンの胸を手でぐっと押すと、今度はその手を摑まれ、逆に距離を縮められてしまった。

「どうして離れるんですか」

「ど、どうしてって……」

「ついこの間まではあんなに好きだと言ってくれていたのに」

「それとこれとは、違うというか……」

あの頃はとにかくイーサンに振り向いてほしくて必死で、恥ずかしいなんて言っていられる状況ではなかった。

それに今回の人生では当初、イーサンは私に冷たかったから、望んでいたこととはいえ、こうして好意をまっすぐに向けられることに慣れていない。

イーサンに見つめられるだけでドキドキして胸がいっぱいになって、顔が見られなくなる。

「ねえ、絶対に分かっていて聞いているでしょう」

「はい」

笑顔でそう言ってのけるイーサンは、私とは違い余裕たっぷりに見えて、なんだか悔しくなる。

「こ、この間まで、私が好きだって言うだけで照れていたくせに！」

「今だってそうですよ。ですが、照れよりもアナに触れたいという気持ちが強いだけです。前世と今世を合わせて俺がどれほど我慢してきたのか、アナには分からないでしょう」

確かにイーサンはずっと私のことが好きだったというのに、前世では私に最期まで嫌われていると思っていて、今世では私を不幸にしてしまうからという理由で避けていたのだ。

ずっと想ってくれていたことを考えると、納得してしまった。

「それにもう、我慢はしないと決めたので」

イーサンは綺麗に笑ってみせると、するりと私の頬に触れる。

そのままイーサンの整いすぎた顔が近づいてきて、吐息がかかるほど距離が縮まった。熱を帯びたアイスブルーの瞳から目を逸らせず、呼吸の仕方さえ分からなくなってしまう。

これから何が起こるのか想像がついて落ち着かなくなる私を見て、イーサンは柔らかく笑う。

「嫌ですか？」

「い、嫌じゃな――ん、……っ」

否定した次の瞬間には唇が塞がれていて、思わずきつく目を閉じる。

想いを通わせてから毎日何度もキスをしているというのに、いつまでも慣れそうにない。

何もかもが甘くて、目眩すらする。

恥ずかしくて落ち着かなくて逃げ出したいのに、嬉しくてずっとこうしていたいという気持ちもあって、初めての感情に戸惑ってばかりいる。

それでもさすがに長すぎる気がして、今度は両手でイーサンの胸元をぐっと押すと、唇が離れた。

今もなお、鼻先が触れ合いそうな距離で視線は絡んだまま。

「も、もう……」

「本当にやめてほしい？」

誰よりも綺麗に薄く微笑み、イーサンはそんなことを尋ねてくる。やっぱり私の答えが分かっていて尋ねてくる意地悪なイーサンも、悔しいくらいに好きだと思えてしまう。

前の人生ではいつも私が彼の可愛らしい反応を楽しんでいたというのに、今では完全に立場が逆転してしまっている。

「……やめないで」

「喜んで」

結局イーサンの思惑通りになってしまい、またすぐに唇を塞がれる。

（こんなイーサンだって、私は知らない）

やっぱり私はまだ彼について分からないことばかりで、もっと知っていきたいと心から思う。

――そうしていつまでも食堂に現れない私達を見かねてマリアが呼びに来るまで、この甘すぎる時間は続いたのだった。

◇◇◇

夕食を終えて居間でイーサンと過ごしていたところ、メイドがいくつかの手紙を手にやってきた。

私宛のものもあって、全く同じ封筒が二通あることに気が付く。

「国王陛下からの招待状だわ」

一目でそう分かる特別な封筒は、王家の紋章が入った封蠟《ふうろう》で綴《と》じられている。

手に取って中身を見る前に、すぐにどんな内容かは察しがついた。

「もうすぐ王家主催の舞踏会の時期だものね」

「はい」

毎年この時期に王城にて催されるこの舞踏会は、国王陛下の誕生日を祝うものだ。

招待されるのは主要な貴族と陛下が直接選んだ人間のみで、この舞踏会に参加するのは一種のステータスでもあった。

(むしろ断っては立場が悪くなることもあるから、面倒なのよね)

私もフォレット侯爵家の一員として、毎年お父様と共に参加している。

陛下からの手紙の扱いを間違えれば罰せられるため、侯爵家に送られてきたものを、お父様がここへ転送するよう命じたのだろう。

「陛下の誕生日を祝う舞踏会だもの、私も参加するわ。あなたは特に参加しないと」

「そうですね」

イーサンはそう返事をした後、私へ気遣うような眼差しを向けた。

「アナは陛下にお会いすることで、嫌な気持ちになったりしませんか」

「ええ。イーサンに出会わせてくれて、感謝しているくらいよ」

はっきりそう言ってのければ、イーサンは安心したように微笑んだ。

一度目の人生でイーサンを好きになってからはもう、陛下に対して怨恨を抱かなくなっていた。

「あなたと社交の場に出るのは二度目ね」

「……はい」

「あ」

前回のこと――一緒に参加したパーティーで、私が令嬢達に散々な悪口を言われたことを思い出したらしく、イーサンは分かりやすくしょんぼりとした顔をする。

当時は私もお母様に「子を産むな」なんて言われたことまでイーサンに知られ、傷付いた記憶があるけれど、今はもう何を言われたって平気な自信があった。

（イーサンに自慢の婚約者だと思われたいし、気合を入れて身支度をしないと）

ドレスのカタログを持ってくるようメイドにお願いをした私は、早速選ぶことにした。

パラパラと捲《めく》りながら、目星をつけていく。

「これくらい派手なものも良さそう。ねえ、イーサンはどれがいいと思う？」

実はわざわざ居間で選んだのは、イーサンの好みを知りたかったからだ。

さりげなくカタログを隣に座るイーサンに見せたところ、少し悩んだ様子だったけれど、やがて彼は一番地味なものを指差した。

「イーサンって、こういうシンプルなものが好きなのね」

確かに清楚《せいそ》なものが好きそうなイメージがあると思っていると、イーサンは「いえ」と続ける。

「アナを他の男に見られるのがあまり好きではないだけです」

「えっ」

予想もしていなかったイーサンの答えに、目を瞬く。

思わずカタログを放り投げそうになりながら、平然としているイーサンをじっと見つめた。

「あなた、いつもそんなことを考えていたの？」

「はい。俺は自分が思っていた以上に、嫉妬深いみたいなので」

「えっ」

「他の男がアナを見ているだけで、苛立って仕方ありませんでした」

ずっと穏やかな様子だったイーサンがそんなことを考えていたなんて、私は想像すらしていなかった。むしろ彼へ熱っぽい視線を向ける女性達を見て、腹立たしく思っていたくらいで。

(どうしよう、嬉しい)

私だけではなかったこと、それほど愛されていると思うと、口元が緩んでしまうのが分かった。

「アナは世界一美しい女性ですし、誰でも魅了してしまいますから」

「まあ、それは否定しないわ」

「そういう自信に溢れたところも、人を惹き付けるんです」

イーサンはそう言って眉尻を下げたけれど、自分の顔を鏡で見たことがないのかといつも思う。

私だって、彼ほど美しい人を見たことがないというのに。

「でも、安心した。私だってイーサンが他の女性に見られるのは嫌だったもの」

「アナがですか？　なぜ？」

「なぜって、あなたが素敵だからよ」

そう説明しても、イーサンは訳が分からない様子だった。

どうして全く伝わらないのだろうと不思議に思いながら、一から十まで丁寧に伝えたところ、イーサンはやっぱり、首を傾げた。

「？　俺がアナ以外を好きになるはずがないでしょう。そもそも視界にすら入れていません」

イーサンはそれが世の中の常識、朝日が昇って沈むくらい当然だという顔をするものだから、不安になってしまった私がおかしいのかと本気で思ってしまった。

「あっ、そ、そう……」

とにかく私が心配することはないらしく、余計な嫉妬などもしないことにする。

「私もそうよ」

「アナはそう思ってくれていても、妙な男に攫《さら》われてしまうかもしれませんし」

「…………？」

イーサンにも同じように伝えようとしたけれど、今度は斜め上すぎる心配をし始めたものだから、説得は無理だろうと察した。

そもそも過保護すぎるイーサンを、言葉でどうにかしようとするのが間違いだった。

目の前で死んでしまった過去もあるのだから、尚更《なおさら》だろう。

「そもそも私、外出も好きな方じゃないから、なるべく屋敷で過ごすのもいいかもしれないわ。外に出るのはイーサンの休みの日くらいで」

「…………」

思ったことをそのまま口に出したところ、イーサンは感情の読めない表情を浮かべた。

「あまり俺をつけ上がらせないでください」

「えっ？」

「そんなことを言われては、アナを閉じ込めてしまいそうです」

「？　どうぞ」

別に私はイーサンに会えれば、何の問題もない。

ああでも、ニコルやライラなど友人達にはたまに会いたいな、なんてぼんやり考えているとイーサンは「はあ」と大きな溜め息を吐き、目元を手で覆った。

「……本当にアナは俺の決意を、簡単に揺るがせますね」

「決意？」

「はい。俺はどうしようもないくらい、欲深い人間なので」

「イーサンが、欲深い……」

こんなにもその言葉が似合わない人がいるのだろうかと困惑したけれど、本人は本気でそう思っているらしい。

「もう一生、手放しません」

「……っ」

イーサンは私の耳元でそう囁くと、誰よりも綺麗に微笑む。

心臓は先ほどからずっと悲鳴を上げ続けており、動揺した私はこの甘すぎる雰囲気を変えようと、努めて明るい声を出した。

「と、とにかく、ドレスはシンプルなものにするわ！　ありがとう！」

どんなものを着ても、私の美しさではある程度目立ってしまう。けれど、イーサンのために地味なものを選ぼうと決意し、舞踏会への準備を始めたのだった。


そして、陛下の誕生日を祝う舞踏会当日。

日が暮れ始めた頃、私はイーサンと共に王城へ向かう馬車に揺られていた。

「アナ、とても綺麗です」

イーサンは口を開く度に恥ずかしくなるほど褒めてくれて、私は内心浮かれきっている。

私は他人に容姿を褒められるのは挨拶くらいの感覚でいたし、当然のことだと思っていたのに、大好きなイーサンに褒められるのはいつだって嬉しくて仕方ない。

（とはいえ、逆に目立ってしまいそうなのよね）

イーサンの要望に沿おうとラインの美しいシンプルなドレスにした結果、余計に自分の美貌を引き立ててしまう結果となっていた。

「あなただって本当に素敵よ。やっぱりイーサンは白がよく似合うわね」

「ありがとうございます」

豪華な刺繍《ししゅう》が施された光沢のある純白の盛装は、彼の輝く銀髪と整いすぎた顔を引き立てている。

少し伸びた髪は片側だけ耳にかけられ、ピアスが揺れる度に色気が溢れ出るようだった。

（この姿を誰にも見せたくないと言ったら、イーサンはどんな反応をするのかしら）

イーサンなら「アナが嫌なことはしたくないので、今すぐに屋敷へ帰りましょう」と真顔で言い出しそうで、口にするのは憚《はばか》られた。

──けれど今のイーサンの姿を他の女性が見たら、みんな彼に夢中になってしまうのではないかと本気で心配になる。

イーサンは元々美しい顔立ちをしていたけれど、以前よりもずっと魅力的になった。垢抜《あかぬ》けた、というのが正しいかもしれない。

良い意味で、今の彼からは貴族らしさも感じられる。

『美しいアナに少しでも近づきたくて、勉強しました』

それを本人に伝えたところ、そんな可愛らしいことを言われ、イーサンが好きすぎて辛くなった。

彼の行動の動機は大抵私に由来していて、自分で言うのも何だけれど、相当愛されていると思う。

だからこそ今世で当初、好きだと縋り付く私を突き放すのは相当辛かったに違いない。

「今思うと、よく私に迷惑だとか言って冷たい態度を取れたわね」

「死ぬよりも辛かったです」

「でしょうね」

けれど、それも全て私の幸せを願ってのことだったと思うと、胸が締め付けられる。

私だって自分を好きだと言ってくれるイーサンに対し、そんな態度を取るなんて今は絶対に無理だろう。愛する人に堂々と想いを伝えられることがどれほど幸せなのかを、改めて実感する。

そんなことを考えているうちに、あっという間に目的地へ到着し、私は気合を入れた。


馬車から降り、イーサンと腕を組んで歩くだけで周りは分かりやすくどよめく。

「まあ、お二人が婚約されたというのは本当だったのね」

「こうして見ると、とてもお似合いだわ」

意外と好意的な反応も多く、驚いてしまう。

私が家や立場を捨ててまでイーサンに猛アタックし、結ばれたという話は「真実の愛」なんて言われていて、ロマンス小説みたいだとファンまでいるんだとか。

(ニコルからは聞いていたけれど、本当だったのね)

平民上がりといえども今やイーサンは伯爵位であるのも、理由のひとつなのかもしれない。

「結局、お高く留まっていたアナスタシア様も顔で男を選ぶのか」

「侯爵家も地に落ちたものだよな」

一方で私を貶《けな》す声も聞こえてきて、イーサンが今にも摑みかかりそうな反応をするものだから、落ち着かせるのが大変だった。

(私に相手にされなかった、負け犬の遠吠《とおぼ》えだもの)

それでも私のためにイーサンが怒ってくれるのは嬉しくて、彼の逞《たくま》しい腕にぎゅっと抱きつき、口元が緩むのを感じていると、聞き慣れた笑い声が耳に届く。

「アナスタシアって、人前でベタベタするタイプだったのね。意外だわ」

「ニコル、あなたも来ていたのね」

振り返った先では、ニコルが呆れたように笑っている。

散々のろけてはいたものの、思いを通わせてから一緒にいる時に会うのは初めてだった。

「アナスタシアが幸せそうで良かったわ」

「ふふ、ありがとう」

「レイクス卿、アナスタシアを大事にしてくださいよ！」

「はい、俺の命に代えても」

いい返事ね、なんて言って笑うニコルにつられて笑みがこぼれた。この場に集まってきた友人達もみんな心から祝福してくれて、幸福感で胸を締め付けられる。

こんな幸せな未来が訪れるなんて、一度目の人生の私は想像もしていなかった。

「レイクス卿、少しいいでしょうか？」

それからはイーサンと二人で挨拶回りをしていたけれど、騎士団の関係者らしき男性に声をかけられた。

どうやら大切な話らしく、イーサンは気遣うような眼差しを向けてくる。

「行ってきて大丈夫よ。私は友人達とまた合流するから」

「申し訳ありません、すぐに戻ってきます」

イーサンは不安げな顔をこちらへ向けつつ、男性の後をついていった。

そもそも私はこういった場に慣れているし、イーサンの側にいられて最高に幸せな今、有象無象に何を言われたって一切気にすることもない。

（イーサンが心配することは何もないのに）

そう思いながら、何か飲み物をもらおうと端にいた給仕に声をかけようとした時だった。

「アナスタシア」

「……テオドール」

不意に手首を摑まれ、振り返った先にいたのはテオドールだった。

テオドールと会うのは、イーサンとルアーナ様の婚約話を聞いて号泣した時以来だ。

親同士が決めたこととはいえ、無理に婚約の話を撥《は》ねつけてしまったことに対し、気まずさと申し訳なさを感じてしまう。

私に対して好意を抱いてくれていることを思うと、余計に罪悪感を覚えた。

その一方で、イーサンに婚約について話していたこと、ルアーナ様のことなどから、彼に対しての不信感も拭いきれずにいる。

「少し話ができないかな？　二人だけで」

「…………」

「大切な話なんだ」

二人だけでしなければならない大切な話なんて、今更何があるのだろう。

けれど今ここで話をしても変に注目を浴びるだろうし、かといって、大事な話があるというテオドールを突き放す気にはなれなかった。

前回の人生で彼が私の味方になってくれた時、どれほど救われた気持ちになったか分からない。

「分かったわ。バルコニーでもいい？」

「ああ」

二人きりで休憩室に行くのは婚約者がいる立場では良くないし、バルコニーならいいだろうと提案すれば、テオドールは笑顔で頷いてくれた。

そうして彼と距離を置きながらバルコニーへ向かい、少し時間を置いてから足を踏み入れた。

「……本当に、アナスタシアは変わったね」

手すりに両肘を置き、夜景を眺めながらテオドールは呟く。

私も人一人分空けて彼の隣に立つと、眼下に広がる王都の街並みを見下ろした。

「僕達の距離も変わってしまったよ。僕は誰よりもアナスタシアの近くにいると思っていたのに」

「テオドール……」

「今では君に会うこともままならないし、こんな場所で話すだけでやっとなんて」

寂しげに笑うテオドールの横顔に、ずきずきと胸が痛む。

彼の表情や声色からは、まだ私のことを好いてくれているのが伝わってくる。

「こんな状況になって、アナスタシアをどれほど愛しているのか改めて実感した」

こちらを向いたテオドールの蜂蜜色の瞳は、はっきりと熱を帯びていた。

「僕にはアナスタシアが必要なんだ。アナスタシアとの未来のために努力を重ねて、ここまできたのに君がいないなんて、この先どう生きていけばいいのかすら分からない」

いつも堂々としているテオドールのこんな弱々しい姿を、私は初めて見た。

「好きなんだ、アナスタシア」

縋るような眼差しと、ひどく小さな声に、心臓がきつく締め付けられる。

どれほどテオドールが私を想ってくれているのか、苦しいくらいに思い知らされた。

「お願いだから、僕と一緒に生きてくれないか」

「……っ」

──テオドールは、誰よりも聡《さと》い人だ。

そして私以上にプライドや気位が高い人だということも、よく知っている。

だからこそ過去に婚約を断られ、今は婚約者もいる相手にこうして想いを告げることが、どれほど彼にとって自尊心を犠牲にした行為なのかも理解しているつもりだった。

それだけに、心が動かないはずがない。

「アナスタシア」

救いを乞うように名前を呼ばれるだけで、身を裂かれる思いがした。

もちろん、私の答えは決まっている。

誰に何を言われたってイーサンを愛していることも、彼の隣で生きていくという決意も一生、むしろ死んだ後だって変わらない。

それでも、すぐに断りの返事ができないのは、必死に言葉を選んでいるからだった。

(テオドールを傷付けたくない)

どんな返事をしても傷付けてしまうことに変わりはないけれど、少しでも痛みがないようにと思ってしまうのは、私の自己満足でしかないだろう。

愛する人に拒絶される辛さや悲しみを知っているからこそ、慎重になってしまう。

「……ごめんなさい」

けれど結局、口からこぼれ落ちたのはありふれた謝罪の言葉だった。

「テオドールは私にとって本当に大切な存在だし、私にはもったいないくらい素敵な人だわ」

一度目の人生で、きっと一番私を気にかけてくれていたのも彼だった。

家族ですら私を見捨てたのに、テオドールだけは私のために一生懸命になってくれた。

そんな彼の気持ちに応えられないことに、胸が焼けるように痛んだ。

「でも、私はイーサン以外を愛することはないから、あなたの気持ちには応えられない」

はっきりとそう伝えれば、私達の間にはしばらくの間、沈黙が流れた。

俯くテオドールの表情は見えず、風に揺れる彼の耳元のピアスを私はじっと見つめていた。

テオドールが十八歳の時の誕生日に私が贈ったもので、あの日以来、彼がそれ以外をつけていないことだって知っている。

もう一度、謝罪の言葉を紡ぎそうになって、私はきつく唇を真横に引き結んだ。

「……本当に、毒されてしまったんだね」

「えっ？」

長い静けさの後、テオドールはそう呟くと顔を上げた。

「何でもないよ。僕の話を聞いてくれてありがとう、アナスタシア」

どこか吹っ切れたように笑うテオドールに、心の中でほっとする。

「僕はもう少しここにいるから、君は先に戻っていて」

「……分かったわ」

私はそれだけ言うと、テオドールに背を向け、バルコニーを後にした。

もう彼とは今まで通り友人としての関係だって望めないことも、分かっている。

それを寂しいと思う権利も、私にはない。

けれどどうか、テオドールが幸せになりますようにと、祈らずにはいられなかった。

バルコニーを出た後も誰かとお喋りをする気になんてなれなくて、私は一人会場の隅にある椅子に座り、ぼんやりとしていた。

心が鉛になったみたいに重たくて、先ほどのテオドールの傷付いた表情が頭から離れない。

すると不意に、視界いっぱいに影が差した。

「アナ、ここにいたんですね」

顔を上げると、心配げに私を見つめるイーサンと視線が絡んだ。

「イーサン……」

彼は私の顔を見るなり、形の良い眉を寄せる。

そして私の前に膝をついて跪《ひざまず》くと、いつの間にか膝の上できつく握りしめていた手を、そっと彼の大きくて温かな両手で包まれた。

「何かあったんですか？　誰かに嫌なことをされましたか？　もしくは具合が――」

「……ふふっ」

「アナ？」

少し悲しげな顔をしていただけなのに、あまりにもイーサンが深刻な顔をするものだから、つい幸せな笑みがこぼれる。

「ごめんなさい、大丈夫よ。でも少し疲れてしまったから、そろそろ帰ってもいいかしら」

「もちろんです。もし良ければ馬車までお運びしましょうか」

「もう、自分で歩けるわ」

どこまでも過保護なイーサンの手を取り、立ち上がる。

会場を出る前にちらりと中を見渡したけれど、テオドールはまだ戻ってきていないようだった。

エスコートされて馬車に乗り込んだ後、いつも私はイーサンの向かいに座るけれど、今日だけは彼のぴったり隣に腰を下ろした。

びくっとイーサンが身体を跳ねさせ、動揺したのが伝わってくる。

「アナ？　どうかしましたか？」

「あなたにくっつきたい気分だったの」

「…………」

イーサンは切れ長の目を見開き、じわじわと顔が赤くなっていく。耳まで赤くなった後、イーサンは「嬉しいです」と呟いた。

自分から触れるのはいいけれど、こちらから近づくのはまた違うらしい。

最近はずっとイーサンのペースに呑まれてばかりだったから、なんだか満足げな気分になる。

「……アナが可愛すぎて心臓が止まりました」

「ふふ、それは良かった」

「俺もいつも、アナに近づきたいと思っています」

こういう素直で照れ屋なところも可愛くて愛おしくて、心から好きだと思う。

私はぎゅっとイーサンの腕に抱きつくと、再び口を開いた。

「――さっきテオドールに、告白されたの」

すぐ側で、イーサンが息を呑んだのが分かる。

決して聞いていて気分の良い話ではないだろうけど、イーサンに隠しごとをしたくなかった私は二人きりでバルコニーに出たことを謝りながら、先ほどのことを話した。

もちろんきちんと断ったこと、私の気持ちは絶対に変わらないということも。

イーサンは黙って聞いてくれていたけれど、やがて話し終えると同時に、私を抱き寄せた。

「……イーサン？」

突然のことに驚きながらも、私はそっと彼の背中に腕を回す。

するとイーサンは私を抱きしめる腕にきつく力を込め、息苦しさを感じた。

いつも私に対して壊れ物のように触れる彼のらしくない様子からは、余裕のなさが感じ取れる。

「好きです」

「私もよ」

「……本当に、大好きです。俺が世界で一番、アナを愛しています」

私の肩に顔を埋め、イーサンは何度も「好き」という言葉を繰り返す。

不安にさせてしまったかと思ったけれど、イーサンは「話してくれて、ありがとうございます」

と言うと、顔を上げて至近距離で私を見つめた。

宝石によく似た碧眼《へきがん》には、はっきりとした熱がこもっている。

「俺を選んでくれたこと、絶対に後悔させません」

そんな言葉に、私はひどく胸を打たれていた。

――過去のイーサンは、私に対していつもどこか引け目や罪悪感を抱いているようだった。

『……公爵様は、本当に素敵な方ですね』

『そう？』

『はい。俺なんかとは、全然違う』

テオドールに対しても、それは同じで。生まれや育ちの違いによる劣等感だということも分かっていたけれど、その度に私はもどかしい気持ちになっていた。

イーサンはこんなにも素晴らしい人で、もっと堂々と胸を張って生きるべき人なのに、と。

けれど、今は違う。

今のイーサンは私と同じ場所で、目線で生きていこうとしてくれているのが伝わってくる。

彼の変化に胸がいっぱいになった私は、イーサンの頬を両手でそっと包んだ。

「ありがとう。でも、そんな日はこないわ。何度人生をやり直したって、私はイーサンを選ぶもの」

「……はい」

イーサンは私の手に自身の手を重ねると、柔らかく目を細める。

こういう、ほっとした時に子どもみたいに笑うイーサンの笑顔も私は前から好きだった。

「疲れたでしょう？　屋敷に着くまで、休んでいてください」

「ええ、ありがとう」

お言葉に甘えて、少しだけ眠らせてもらうことにする。

これからもこんな幸せで穏やかな時間が続きますようにと願いながら、私はイーサンの肩にそっと頭を預け、目を閉じた。

◆◆◆

何もかもが不愉快で、心底苛立って仕方なかった。

『テオドールは私にとって本当に大切な存在だし、私にはもったいないくらい素敵な人だわ』

『でも、私はイーサン以外を愛することはないから、あなたの気持ちには応えられない』

アナスタシアには、一切の付け入る隙がないのだと思い知らされた。

もう正攻法では絶対に、彼女は手に入らない。

（絶対に諦めてやるものか）

俺が彼女に向ける感情は、恋や愛なんかではない。

もっと汚くて重い、濁りきったものだった。

アナを手に入れて自分のものにしなければ、きっとこの渇きは収まらないのだろう。

舞踏会を出て人気のない廊下を一人歩いていると、ぱたぱたと軽い足音が聞こえてくる。

「テオドール様、お待ちください！」

すぐに誰のものか分かったものの、足を止める理由もなく無視をする。

「っテオドール様……」

それでもなお腕に縋り付いてくるルアーナを思いきり振り払えば、ルアーナは「きゃっ」と短い悲鳴を上げ、床に倒れ込んだ。

それでも俺は気に留めることなく、歩みを進めた。

(使えない女め)

ただでさえ何もかも思い通りにいかず苛立っているのに、この女の顔を見ると余計に腹が立つ。

結局、イーサン・レイクスと婚約することもできなかったのだ。

「テオドール様っ、テオドール様！」

先日、失敗をした際に「二度と関わるな」と告げて切り捨てたというのに、ルアーナは長い金色の髪を振り乱し必死に追いかけてくる。

このまま捨ておきたいが、この光景を誰かに見られては厄介なことになる。

仕方なく足を止めた俺はルアーナの腕を掴むと、すぐ側にあった休憩室に足を踏み入れた。

荒々しくドアを閉めるのと同時にルアーナから手を離し、突き飛ばす。

「あ、ありがとうございます……！」

こんな扱いを受けてなおルアーナは俺に触れられ、足を止めてもらえたことが嬉しかったのか、床に手を突き、大きな目からはらはらと涙を流しながら感謝の言葉を紡いだ。

到底理解できない、理解したくもない姿を尻目に俺はソファに腰を下ろした。

「お前、どの面を下げて俺に話しかけてきたんだ？」

「っ申し訳、ありません……」

床に座り込むルアーナが流した涙で、床には染みができていく。

長毛のカーペットをきつく握りしめると、ルアーナは俺を見上げた。

「もう一度、もう一度だけチャンスをいただけませんか」

「………」

彼女だってそれなりの家格の伯爵家の令嬢として、持て囃《はや》されて生きてきたはずだ。

にもかかわらず、なりふり構わず必死に縋り付くほど、なぜ俺に執着しているのか分からなかった。

だが、俺がこれほどアナスタシアを求める理由だって今はもう、分からない。ただアナスタシアが欲しくて自分のものにしたくて、俺以外の男を視界に映すことさえ許しがたいだけ。

「どんなことでもしますから、どうか、捨てないで……っ」

まるで命乞いをするようなルアーナを見て、ふと考えがよぎる。

このまま脅して口封じをしてもいいが、失うものがない、追い詰められた人間というのは、案外使えるかもしれないと。

イーサン・レイクスを巻き込んで死ぬくらいしてみせたら、彼女を少しは好きになれそうだ。

「本当に俺のためにどんなことでもできるのか？」

「はい……テオドール様のためなら」

「分かった」

俺がそう返事をすると、ルアーナの深緑の瞳に光が宿る。その目からは何でもするという強い覚悟や意志が伝わってきて、口角が上がるのが分かった。

「最後にチャンスをやってもいい」

立ち上がってルアーナの目の前にしゃがみ、指先で涙を拭ってやる。するとルアーナの両目からは余計に涙が溢れて止まらなくなった。

その眼差しはひどく熱を帯びていて、これ以上ないくらいの愛情が伝わってくる。

（本当に愚かな女だ）

ルアーナにはもう、全く期待はしていない。だが本当に俺の願いを叶えてみせたなら、ルアーナの望むこともひとつだけ叶えてやってもいいだろう。

「……っ……本当に、テオドール様が、好きなんです……」

「だろうな」

だが、再び失敗した時には口封じで殺してやろうと決め、涙を流し続けるルアーナの頬を撫でた。

第六章

ある日の晩、屋敷に来た当初に書いた『やりたいことリスト』を上着のポケットに忍ばせた私は、イーサンの部屋を訪れていた。

「い、忙しい時にごめんなさい」

「いえ。アナより優先することなんてありませんから」

イーサンはお風呂上がりだったらしく、時折毛先からはぽたぽたと雫《しずく》が滴り落ちている。

その姿はあまりにも美しくて色気が凄《すさ》まじく、直視できずにいた。

「こちらへどうぞ」

勧められたソファに並んで座ると、ふわりと石鹸《せっけん》の良い香りがして心臓が跳ねた。一緒に暮らし同じ石鹸を使っていることで自分と同じ香りがして、なんだかくすぐったい気持ちになる。

「実はね、イーサンにお願いがあるんだけれど……」

「俺にできることなら、いくらでも」

今日も何の躊躇いもなく即答してくれる優しさに胸を打たれつつ、私は続けた。

「イーサンのご家族に会いたいの」

「……俺の、ですか？」

「ええ。本来なら婚約をする前に会うべきだったし、挨拶をしたいと思ったの」

過去の私には、そんな発想すらなかった。どの面を下げてという感じだけれど、悪かった部分はしっかり反省して改めていきたい。

イーサンはやはり私の申し出に戸惑い、返事に困っているようだった。

「俺の家族は平民ですし、アナに失礼な態度を取ってしまうかもしれません」

「そんなの全く気にしないわ。私だってイーサンのご家族にとっての普通を知らないから、失礼な態度を取ってしまうかもしれないし」

もちろん細心の注意を払うつもりだけれど、貴族至上主義の環境で育った私は、無意識のうちに相手に不快な言動をしてしまうかもしれないと思うと、怖かった。

育ちというのは良くも悪くも、無意識に出てしまうものだからだ。

(それでも、イーサンの大切な家族に会ってみたい)

そんな気持ちを込めてイーサンの透き通ったアイスブルーの瞳をじっと見つめれば、彼は少しの後に「分かりました」と頷いてくれた。

「ありがとう！　リビーちゃんに会えるのも楽しみだわ」

「はい。リビーも喜ぶと思います」

イーサンの実家は以前ライラと行った孤児院の近くにあるという。

武功によりイーサンが出世し、新しい家を用意すると言ったものの、慣れ親しんだ家のままがいいと断られたそうで、今も変わりない生活をしているそうだ。

その話を聞いただけでも、しっかりとしたご両親だというのが伝わってくる。欲にまみれた私の両親とは大違いだ。

そして早速、来週のイーサンの休みの日にお邪魔することになった。

（……どうしよう、私が言い出したのに緊張してきたわ）

どんな服を着ていくべきだろうか、手土産は何が良いだろうかと疑問は尽きず、落ち着かない気持ちになる。平民出身の既婚者のメイドに色々聞いてみるのもいいかもしれない。

少しでも、イーサンのご家族に良い印象を持ってもらいたい。

そんな気持ちを胸に、私は当日に向けて準備を始めたのだった。


イーサンの実家へ行く当日、私は緊張からくる腹痛を感じながらも馬車に乗り込んだ。

悩みに悩んだ結果、シンプルな単色のワンピースを身に纏《まと》っている。アクセサリーも一切つけず、お気に入りのリボンで髪を結い上げてもらった。

常に堂々としていて、他人に対しては「会ってあげる」という上からのスタンスだった私が、誰かに会うだけでこんなにもドキドキする日が来るなんて想像もしていなかった。

「アナ？　顔色が良くありませんが、大丈夫ですか」

「ええ……その、緊張しているだけよ」

正直な気持ちを口に出せば、向かいに座るイーサンはきょとんとした顔をする。

「緊張、ですか？　何に対して？」

「あなたのご家族にどう思われるかとか、上手くできるかなって不安になって」

こうして話していても、心底自分らしくないと思う。

それでも、今の自分は不思議と嫌いではなかった。

「アナはそんなこと、気にされる必要はありません」

「どうして？　好きな人が大切にしているご家族に好かれたいのって、普通のことじゃないの？」

「……そう、かもしれません」

イーサンは少しの後、消え入りそうな声でそう呟くと口元を手で覆った。

照れているのだと気付き、幸せな笑みがこぼれる。

「あっ、とはいえ私の家族は気にしなくていいから！　勘当させてやった身だもの」

「させてやったって……ははっ、分かりました」

慌ててフォローすると、イーサンは口元に手を当てて笑ってくれた。

やがて到着したのは、小さな古びた家だった。

大きさでいうと、フォレット侯爵邸にいくつかある物置小屋と変わらない。視界に入ったことはあるものの、平民が暮らす家をちゃんと意識して見るのは初めてだった。

（ここがイーサンの生家……）

イーサンがこの家で生まれ育ったと思うと、見つめているだけでなんだか感極まってしまう。

お父様と兄弟の稼ぎやイーサンの仕送りで、お母様とリビーちゃん、イーサンの兄や私と同い年の弟、更に三つ下の弟の五人は生活しているという。

けれど今時期、お父様や兄弟は皆出稼ぎに行っているらしく、今日はお母様とリビーちゃんと会う予定だ。

三回ノックをしてドアを開けるイーサンの後ろで緊張していると、ドアの隙間からぴゅんと何かがこちらへ向かってくる。

そのまま私の下半身にがばっとしがみ付いた、小さな眩しい銀色には見覚えがあった。

「おひめさま！」

「リビーちゃん、こんにちは」

孤児院で会ったイーサンの妹であるリビーちゃんは今日もとても可愛くて、口元が緩んでしまう。

私に懐いてくれているようで、ぎゅっと身体に腕を回してくれるリビーちゃんを抱きしめ返す。

すると可愛らしく「きゃっ」という楽しげな声を出すものだから、また笑みがこぼれた。

「こら、リビー！　大人しくしていなさいと……まあ！」

家の奥から慌てて出てきた女性は私の姿を見た途端、ぴたりと足を止めた。

年は三十代後半くらいだろうか。長い栗色《くりいろ》の髪をひとつに結び、シンプルな無地のトップスとスカートというとてもラフな格好ながらも、美しさが滲み出ている。

(ま、間違いなくイーサンのお母様だわ……！)

超絶美形のイーサン、そして天使のリビーちゃんを見て想像していたことだけれど、やはりご両親も美形らしい。

お姉さんと言われても信じられるくらい、とても若々しい。

「アナ、いきなり騒がしくて申し訳ありません。こちらが母です」

少し照れたようなイーサンの声で我に返った私は、脳内で何度も繰り返しイメージしていた挨拶を思い出しながら口を開いた。

「初めまして、アナスタシアと申します。ご挨拶が遅くなってしまい、申し訳ありません」

思わず癖でカーテシーをしそうになり、ぎりぎりのところで耐えて頭を下げる。

(貴族らしい挨拶をしたら、気を遣わせてしまうものね)

そんな私に気付いたらしいイーサンは、眉尻を下げて微笑んだ。

「…………」

「…………」

一方、イーサンのお母様は私を見つめたまま、何も言葉を発さない。

「おかあさん？　あれー？」

リビーちゃんも違和感を覚えたらしく、お母様の服を引っ張っている。

何かまずいことをしてしまっただろうか、どこかおかしかっただろうかと、内心冷や汗が止まらない。こんなにも誰かと話すだけで緊張して気を遣うなんて、生まれて初めてだった。

「母さん」

やがてイーサンが声をかけたことで、はっと我に返ったらしいお母様は私に向き直る。

そして深く頭を下げた後、アイスブルーの瞳で柔らかい笑みを浮かべた。

「初めまして、イーサンの母です。こんな場所まで来てくださって、ありがとうございます」

「い、いえ……！　素敵なお家で……」

慌てて否定すると、お母様はふっと口元を緩ませた。笑い方や目元、仕草などイーサンに似ているところがたくさんあって、家族なのだと実感する。

それからは家の中に通され、木でできたテーブルセットを勧められた。

座るとギシ、ギイ、という軋《きし》む音がして、私が重いからではないのだと、心の中でイーサンに言い訳がましい念を送っておく。

イーサンのお母様は丁寧にお茶を淹《い》れてくれ、お礼を言って受け取る。やけに軽いティーカップを手に取ると、嗅ぎ慣れた良い香りが鼻をくすぐった。

「アナが好きな、いつも飲んでいる紅茶ですから」

「ふふ、ありがとう」

わざわざ茶葉を準備しておいてくれたらしく、よほどあのカフェで私が「美味しくない」と言ったことを気にしているようだった。

なんだかそれが無性におかしくてつい笑ってしまうと、イーサンも嬉しそうに微笑む。

「とても仲が良いのね」

私達を見ていたお母様は少し驚いた様子を見せ、やがて眉尻を下げると困ったように微笑んだ。

「こんなにも素敵な侯爵家のお嬢様がイーサンを好いてくださるなんて、信じられなくて」

イーサンがどんなに素晴らしい人だとしても、生まれや身分の差というのは埋められない。

特に平民の側からすれば余計に隔たりを感じるだろうし、何か利用されているのではないかと不安に思うことだってあるだろう。

貴族社会という未知の世界に一人で足を踏み入れたイーサンのことが心配で仕方ないはず。

「不安に思われる気持ちも分かります。ですが、私は心からイーサン様をお慕いしています」

「……アナ？」

それでもできる限り安心してもらいたくて、どれほどイーサンを好きなのか知ってもらいたくて、気が付けば私は口を開いていた。

「誰よりも優しくて誠実でまっすぐなイーサン様が、何よりも大切で大好きです。彼に出会えたことは私の人生の中で一番の幸福です」

飾らない言葉で、ありのままの気持ちを口にする。

それからも私はイーサンへの想いや、彼に出会って変わることができたこと、どんなことでもしてサポートしていきたいということを語った。

(どうか少しでもこの想いが伝わりますように)

そう思っていると、隣に座っているイーサンが、片手で顔を覆ったのが視界の端で見えた。

「……っ」

「にいちゃん、まっか！　ふふっ」

イーサンはリビーちゃんに指を指されて笑われるくらい耳まで真っ赤になっていて、照れているのが丸分かりだった。

お母様に伝えることしか頭になかった私は隣に本人がいて、熱烈な告白をしてしまっていたことに気が付いていなかった。

(は、恥ずかしい……最近はあまり好きだと口にしていなかったから余計に……！)

それでも全て事実なのだし堂々としていようと、両手を握りしめた時だった。

「アナスタシア様」

お母様に名前を呼ばれ、顔を上げる。

すると大好きなアイスブルーと同じ瞳が、まっすぐに私を見据えていた。その慈愛に満ちた双眼や表情に、無性に胸が締め付けられる。

やがてお母様は机に額が触れそうなほど、深く頭を下げた。

「どうかイーサンをよろしくお願いいたします。親の私が言うのも何ですが、とても誠実な子です。絶対にアナスタシア様を裏切るような真似はいたしませんので」

「……はい、こちらこそよろしくお願いします」

心から息子を案じる母親の姿に、胸を打たれる。

イーサンは私とは違って両親に愛され、大切に育てられたに違いない。だからこそ、イーサンはこんなにも温かくて素晴らしい人に成長したのだろう。


それからは四人でお茶をしながら、色々な話をした。

「おひめさまって、どこのくにのおひめさまなの？」

「えっ？　ええとね……どこかしら」

「こらリビー、アナスタシア様が困ってしまうでしょう？　ごめんなさいね」

「いいえ、嬉しいですから」

初めは私に対して緊張していたお母様も、だんだんと打ち解けてくれているのを感じる。

イーサンはあまり自分の話をしようとしないらしく、興味深そうに色々と尋ねてくれた。

「アナスタシア様とイーサンはどこで出会ったんですか？」

「え、ええと……」

何でもありのまま答えていたものの、こればかりは答えに困ってしまう。

まさか前回の人生で――なんて言えるはずもなく、かといってお母様に嘘を吐くのも嫌で、どうしようと口ごもっていた時だった。

「俺がずっと片想いをしていたんだ」

私の代わりにイーサンが答えてくれたことで、お母様は更に目を輝かせる。

「まあ、イーサンが……！　まるで本の中のお話みたいね。もっと聞かせてちょうだい」

「……もういいだろう」

家族に恋愛の話をするのはやはり恥ずかしいらしく、照れた様子の可愛らしいイーサンに、思わず笑ってしまったのだった。


リビーちゃんとお母様にまた遊びに来ると約束をしてお暇《いとま》した後は、私の希望で家の周りをイーサンに案内してもらうことにした。

浮かれてあたりをきょろきょろと見回す私とは裏腹に、隣を歩くイーサンの表情は浮かないもので、私へ気遣うような眼差しを向けている。

「本当にアナに見ていただくような場所ではないんです」

「そんなことはないわ。それに少しでもイーサンのことが知りたいんだもの」

どうやらあまり綺麗ではなく、治安の良い場所ではないことを気にしているようだった。

村の中には小さな木造の家々がひしめき合って立ち並んでいて、その壁はぼろぼろで崩れ落ちている箇所も少なくない。

確かに道は全く整備されていないし、中心には市場と呼べるか怪しい小さな露店があるだけで、それ以外には畑しかないようだった。

それでもイーサンが生まれ育った場所というだけで、愛おしささえ感じられる。ただ、さっき、野良犬が飛び出してきた時だけは心臓に悪かったけれど。

あちこちに小屋のような家があり、木の棒を持った子ども達が走り回っている。

「ふふ、元気ね」

イーサンもこうして遊んでいたのだろうかと思うと、胸が温かくなる。

そんな中ふと、広場とは言えないような空き地に一本の白い花が咲く木があるのを見つけた私は、既視感を覚えて足を止めた。ここには初めて来たはずなのに、なぜなのだろう。

「…………？」

「アナ？」

枝先に咲く純白で透明感のある花びらは雪のように美しく、風に乗って甘い香りが漂ってくる。

じっと木を見つめる私を見て、イーサンも足を止める。

正直に「この木を見たことがある気がする」と話すと、イーサンは驚いたように目を見開いた。

そして泣きそうな顔をして、柔らかく目を細める。

「……覚えていてくださったんですね」

「えっ？」

まるで私がこの木に見覚えがあることを知っているような口ぶりに、困惑してしまう。

イーサンは私の手を引き、木の方へと歩いていく。

そして近づくにつれ、木の下に何かがあることに気が付く。

大きめの石がいくつか積み上げられており、一番大きなものには何か文字が刻まれている。

イーサンはやがて石の目の前で歩みを止めると、私から手を離し、地面に膝をついた。

「これは俺の祖父母の墓なんです」

「……え」

イーサンの、亡くなったお祖父様《じい》とお祖母様《ばあ》。

初めて聞く話に戸惑いを隠せずにいる私に、イーサンは続ける。

「そしてここで俺は、アナを好きになったんですよ」

◆◆◆

――俺が十歳の頃、この村は領主による圧政が敷かれていた。

ここら一帯の男爵領の領主は権力を笠《かさ》に着ては領民を強制労働させたり、過度な税金を課し、納められなかった者には不当な罰を与えたりと、好き放題していた。

『おい、今期の納税が全く足りていないじゃないか！　どうなってる？』

『も、申し訳ございません……今年は不作でして、私達が食べる分すら……』

『口答えするな、お前達のことなど知ったことか！　さっさと用意しろ！』

『ぐっ……』

殴る蹴るなどの暴力は日常茶飯事だったが、俺達に抵抗する術《すべ》はない。

——この国の貴族には平民は卑しい存在、穢れた血が流れているという考えが強い。

だからこそ、平民にはどんな扱いをしてもいいのだと、好き勝手する貴族は少なくなかった。

(二代前に平民から成り上がった家のくせに)

領民達は貧困に苦しみ、俺の家族も例外ではなかった。

俺の家は代々小作農だったが畑仕事だけでは暮らしていけず、父は出稼ぎに出ており、母や兄が畑仕事をしていた。

昔は祖父も母と共に畑仕事をしていたものの病気で寝たきりになり、労働力が減って薬代がかさんだ結果、領主の要求する税を納めるのは困難だった。

そんな中、俺は祖母と共に幼い弟の世話をしたり、畑仕事を手伝ったりする日々を送っていた。

『ごめんねイーサン、お腹《なか》いっぱいに食べさせてあげられなくて……』

『本当は友達と遊びたいだろうに、イーサンまで働かせてごめんね』

誰よりも辛い思いをしているであろう母はいつも何かに対して謝っていて、俺はそれがどうしようもなく悲しくて辛くて、もどかしかった。

早く大きくなって家族に楽をさせたいと、そればかりを考えていた。

だが綱渡りの生活はいつまでも持たず、祖父の病気が悪化したこともあって、とうとう限界を迎えてしまう。

『義父の病気の薬を買うのに、必要なお金なんです……どうか、今回だけは……』

『なぜお前らの都合に合わせなければならない？　さっさと死んだ方が金もかからず良いだろう』

『ああっ……』

領主は母から無理やり金を奪い、嘲笑《あざわら》って出ていく。祖母は祖父が眠るベッドの側で、静かに堪えるように涙を流していた。

非道な領主に心底殺意が湧き、後を追いかけようとした俺の手を、母は縋るように掴んだ。

『イーサン！　やめて……！』

『……っ』

俺が一人で追いかけていったところで、逆に暴力をふるわれ、家族まで巻き込んで罰を与えられるのではないかと恐れているのだろう。

それでも、こんな理不尽な扱いをされて、黙っていられるはずがなかった。

俺の手を掴む母の手は震えていて、両目からは静かに涙がこぼれ落ちていく。いつも気丈な母が泣いているところを、俺は初めて見た。

『すまないね、イーサン……』

祖母も涙ながらに謝罪の言葉を紡ぎ、なぜ祖母が謝る必要があるのか俺には理解できなかった。

平民に生まれたことが、そんなにも悪いのだろうか。

大切な家族と貧しくとも、支え合って平穏に生きていきたいだけだというのに。

『……っく……う……』

何の力もなく、家族すら守れない幼くて非力な自分を恨みながら、泣くことしかできなかった。

——それから二ヶ月後、薬も買えず苦しんだ末、祖父は命を落とした。

誰よりも優しい穏やかな人で、俺も家族も皆、祖父のことが大好きだった。

そして心労がたたったのか、それからすぐに祖母も後を追うように亡くなった。

祖父母がいつも一緒に過ごしていたという、村の空き地にある白い花が咲く木の下に、二人の墓を立てた。何かを望む姿なんて見たことのなかった、祖母の唯一の希望だった。

墓とはいっても、大きめの石を積み上げただけのものだ。

母も憔悴《しょうすい》しきっていて、このままでは母まで倒れてしまうのではないかと不安だった。

兄弟達も泣き暮らすほかなく、それでも生きていくためには働かなければならない。

（……こんな地獄、生きていたって意味がない）

この先も一生こうして搾取され続けていくであろう人生に、俺は心の底から絶望していた。

祖母が死んでから一週間が経ったある日、村に見慣れない豪華な馬車が停《と》まった。

どうやら馬車に問題が起き、この場所で修理をするつもりらしい。貴族がこんな場所に用があるとは思えなかったため、腑《ふ》に落ちた。

「見ろよ、イーサン！　あんなすげえ馬車、初めて見た。近くで見てみようぜ！」

「……どうだっていい」

友人達は物珍しげにはしゃいでいたが、心底どうだって良かった。

俺達とは違い裕福で腹を空《す》かせたこともない貴族の様子を見たって、惨めになって恨めしくなるだけだと分かっている。

そうして今日も一人、祖父母の墓へそこらで摘んだ花を手に向かう。

墓の手前にそっと花を置き、昨日の晩の雨で汚れてしまった墓石をぼろ布で拭いていた時だった。

「……何をしているの？」

鈴を転がしたような可愛らしい声に、顔を上げる。

そこにいたのは、一人の少女だった。

（――なんて、綺麗なんだろう）

神は彼女のことを丁寧に大切に作ったに違いない。そんならしくないことを考えてしまうくらい美しく、開いた口が塞がらなくなる。

見たこともないほど豪華な身なりから、上位貴族だというのはすぐに分かった。

「あなた、石を磨くのが好きなの？」

「……これは爺《じい》さんと婆《ばあ》さんの墓だ」

貴族である彼女だけでなく、誰だって一目でこれが墓なんて分かる人などいない。

そう分かっていても無性に腹が立ってしまって、どうせ馬鹿にされるんだろうと嫌みを含んだ声が口からこぼれる。言葉遣いだって到底許されるものではないが、もうどうだって良かった。

「そう」

彼女はそれだけ言うと、しゃがみ込んで目を閉じ、両手を祈るように組んだ。

その姿もとても綺麗で神聖なものに見えて、なぜ貴族である彼女がこんな風に祖父母に祈ってくれるのかも分からない。

貴族への恨みとか祖父母を失った悲しさとか、様々な感情が堰《せき》を切ったように溢れてきて、気付けば俺の目からは涙が流れていた。

「どうして泣いてるの？」

同情も哀れみも感じられない、単純な疑問による問いだった。

彼女にとってはさほど興味もない、何気ない質問だと分かっていても、この苦しみや悲しみを吐き出したくなって、俺はこれまでのことを涙ながらに話していた。

「……っ」

彼女はずっと黙って聞いていて、全てを話し終えた後になってようやく、初対面の年下の貴族の女の子に大泣きしながら身の上話をしたことが、急に恥ずかしくなった。

（きっと、惨めだと笑われる）

そう思っていたものの、彼女は「そう」と呟くと、俺の両目から溢れる涙を取り出したハンカチでそっと拭った。驚くほど柔らかな感触と良い香りがして、涙が止まる。

「大変だったわね」

その声音からは先ほどと違い、本当に俺を気の毒に思ってくれているのが伝わってきた。

彼女は立ち上がると、真っ白で細い指で村の中心を指差した。

「あれがその領主？」

そこには今日も遊ぶ金欲しさに取り立てに来た領主の姿があって、静かに頷く。

彼女はほんの少しの間、何かを考える様子を見せた後、俺に向き直った。

「これを持って私の後をついてきて。記録用の魔道具だから、ずっと私の方に向けてちょうだい」

「………………？」

彼女は肩から下げた鞄から取り出した小さな水晶を俺に渡すと、領主のいる方へと向かっていく。

魔道具なんて俺の家族が数年、数十年暮らせそうなほど高価なものを持たされたことに緊張してしまいながら、訳も分からず彼女の後を追う。

「ったく、さっさと金を出せばいいのに、抵抗しやがって！」

「お、お許しください……」

領主は今日も村人を足蹴にしては、金を奪い取っている。

彼女は臆することなく領主の目の前まで歩いていくと、形の良い唇で弧を描いた。

「ずいぶんなことをするのね。まるで奴隷扱いじゃない。奴隷制度は撤廃されたはずだけど？」

「はあ？　なんだお前は」

「私のことを知らないなんて、さすが田舎者ね。貴族と呼べるのかも怪しいわ。どうせ成金の由緒も何もない貧乏貴族なんでしょう」

「なんだと？　この……！」

鼻で笑い、わざと煽《あお》るような言葉に、図星だったのか領主の顔は怒りで真っ赤になっていく。

そしていつものように右手を振り上げ、彼女の美しいローズピンクの髪を掴んだ。

「どこの貴族の嬢ちゃんか知らねえが、舐めた口を聞いてると――」

「貴様、アナスタシアお嬢様に何をしている！」

「ぐあっ！」

次の瞬間には、騒ぎを聞きつけた彼女の従者や護衛らしき男性達が領主を取り押さえていた。

「くそ、離せ！　俺を誰だと思ってる！」

「貴様こそ、こちらのお方がどなただと思っているんだ！　フォレット侯爵家のご令嬢だぞ！」

「……は」

怒りに染まっていた領主の顔が一瞬にして呆《ほう》けたものへ変わり、やがて青ざめていく。

侯爵家なんて、縁も学もない俺にはどれほどすごいのかも分からない。それでも領主の反応から、相当地位が高いものだということは察した。

「た、大変申し訳ありません……！　侯爵家のお嬢様になんてことを……」

領主は地面に取り押さえられたまま、這《は》いつくばるように頭を下げる。

俺達にはあれほど偉そうに神のような態度を取っておきながら、必死に媚《こ》びる姿は滑稽だった。

あんな人間に長年苦しめられていたのだと思うと、馬鹿らしくなってくるほどに。

「本当に愚かね、許すわけがないじゃない。お前の手を切り落としたって甘いくらいよ」

「そんな……」

「そもそも平民相手にいばり散らすなんて、貴族の風上にもおけないわ。恥を知りなさい」

彼女は子どもらしくない冷たい声でそう言ってのけると、領主に触れられた髪を軽く払いながら、少し離れた場所にいた俺の方へやってきた。

「ちゃんと証拠も撮れたみたいね」

「どうしてあんな、危険なことを……」

彼女の護衛達が現れなければ、あのまま殴られていた可能性が高かったはず。

「あなた達平民を虐げていたところで何の罪にもならないもの。でも、私相手なら違う」

つまり彼女はあの領主を罰するためだけに、自らを危険に晒《さら》したのだ。

俺よりも幼いはずなのに、あの一瞬でそこまで考えて行動した。

呆然とする俺に、彼女は続ける。

「映像を見た方がお父様はお怒りになるでしょうし、この私にこんな扱いをしたんだからお母様もみんな黙っていないわ」

彼女は俺の手から取った水晶を太陽に透かすように眺めると、ふうと息を吐いた。

「これであの男がこの場所を治めることはないはずよ。お父様が家を取り潰せば別の家が治めることになるでしょうし、少しは良くなるんじゃないかしら」

「…………」

そう断言する彼女は俺には想像もつかないほど、尊ばれる存在なのだろう。

(たったこれだけで全てが解決したなんて、信じられない)

まさに夢みたいで、現実味はほとんどない。

つい先ほどまでは全てを諦め、生きることに絶望していたのだから。

「アナスタシア様！　今までどこにいらっしゃったのですか？　捜したんですよ！」

「少し気分転換をしたかったの」

慌てた様子で駆け寄ってきた従者らしき男は一瞬、俺へ蔑むような視線を向けると、アナスタシア様と呼んだ彼女に笑顔で声をかけた。

「お待たせして大変申し訳ありません。無事にあの男も拘束しましたし、馬車の修理も終わったので侯爵領に向けて再出発しましょう」

「分かったわ」

彼女は俺に一切の興味もないらしく、何も言わないまま背中を向けて歩いていってしまう。

慌てて「待ってください」と声をかけると従者は苛立った様子を見せたものの、彼女は「いいの」とだけ言うと俺に向き直った。

本来なら俺は、彼女に声をかけただけでも首が飛ぶような存在なのだろう。

「あの、本当にありがとうございました。どうお礼をすればいいのか……」

「礼なんて必要ないわ。貴族として当然のことをしたまでよ」

俺に対する気遣いではなく、彼女は本当に貴族として領主を裁いただけなのが伝わってくる。

(それでも、救われたことに変わりはない)

俺が彼女にできる礼なんて何ひとつないし、相手もそれを望んではいない。

けれどもう二度と会うこともないと思うと、なぜかこのまま別れるのが惜しく感じてしまって、少しでもこの場を繋ぐために何か言わなければと必死に頭を回転させる。

「……俺はこれから、どうすればいいですか」

その結果、俺の口をついて出たのはそんな問いだった。

自分でもどうしてこんなことを言ったのか分からない。どう考えても年下の、それも身分の高い相手にこの状況で尋ねることではなかった。

それでも彼女は笑うことも無視をすることもなく、じっと茜色《あかねいろ》の瞳で俺を見つめている。

「強くなればいいじゃない」

「えっ？」

「お金がなくたって貴族じゃなくたって、強くなることはできるでしょう？　平民でも騎士として出世すれば、貴族にだってなれるもの。そうしたら、守りたいものを守れるようになるはずだわ」

きっと彼女にとっては、何気ない言葉だっただろう。

だが俺は、天啓を受けた気がしていた。

無知な俺は平民でも騎士になれることさえ知らなかった。ましてや平民が強くなるだけで貴族になれるなんて、想像すらしていなかったのだ。

（……強くなりたい）

強くなればこの身分至上主義の理不尽な世界で何かが変わるかもしれないと、絶望に満ちていた胸の中に一筋の希望が灯《とも》る。

「それと、私がわざと煽ったことは絶対に誰にも言わないで。お父様に叱られるから」

お父様に叱られる、という言葉の意味は分からなかったものの、俺は何度も頷いた。

従者に呼ばれ、彼女は「今行くわ」と返事をする。

「頑張って」

そして彼女が初めて小さく笑ってくれた瞬間、どうしようもなく心臓が大きく跳ねた。

これまでに感じたことのない、高揚感と胸の高鳴りに鼓動が速くなっていく。

豪華で大きな馬車に乗り込んだ彼女の姿は見えなくなり、あっという間に馬車は村を出ていく。

（いつかまた、会えるだろうか）

けれど彼女ともう関わることなどないことは、子どもながらに分かる。

無性にもどかしくなって、自分の生まれを悔しく思った。

「……アナスタシア、様」

その美しい名前を口にするだけで胸が熱くなり、不思議とどんなことでもできる気がした。

――これが叶うはずのない、身分不相応な初恋だと気が付くのは、もう少し先になる。


あれから、彼女の言う通り男爵家は過去の多くの罪が明らかになって取り潰しになり、別の子爵家がこのあたりを治めることとなった。

新領主は民思いの心優しい人物で、これまでとは比べ物にならないほど暮らしやすくなった。

重い税を課されるどころか炊き出しや配給など支援も手厚く、俺の家族も村の人々も生活が楽になり明るい表情をすることも増えた。

（これがたった一人の少女によってもたらされた変化なんて、誰が信じるだろう）

事情を知らない村の人々は、前領主が偶然村を訪れた貴族令嬢に失礼な真似をして断罪された、ということしか知らない。彼女が領主を嵌《は》めたと知っているのは、俺だけだ。

彼女が「誰にも言わないで」と言っていたため、この先一生誰かに話すことはないだろう。

『母さん、師匠のところに行ってくるよ』

『気を付けてね』

そしてあの日から、俺は仕事の合間に近くの元傭兵のじいさんに稽古を頼んだ。稽古とはいってもじいさんはもう身体もまともに動かず、時折口頭で指示をされるだけ。

幸い俺には才能というものがあったらしく、それだけでもかなり強くなれた。十二歳の頃、魔法が使えるようになってからは、周りに俺に勝てる人間はいなくなるほどに。

やがて賞金のために出るようになった大会で声をかけられ、騎士団に入った。

『またイーサン・レイクスが指揮官に選ばれたって？』

『あいつ、顔はいいもんな。下手すると上の人間達に手を出されてたりして』

それでも結局、貴族連中と平民の立場には差があって、俺に対する風当たりも強かった。

(だが、こいつらよりも強くなればいいだけだ)

そうして努力を重ね続けるうちに、俺に文句を言う人間はいなくなっていた。

酒も飲まず女も抱かず、ひたすら修練をする俺は側から見れば不気味だったらしい。

そんな俺を懲りずに誘ってくれていた上司である団長も、いつも呆れたように笑っていた。

『イーサン、お前って本当によくやるよな。何がお前をそうさせる？　金か？』

『……俺は貴族になりたいんです』

——そして俺は最悪の形で、アナと再会することになる。

◇◇◇

イーサンから全ての話を聞き終えた後、私は目の奥が熱くなるのを感じていた。

（……あの時の男の子が、イーサンだったのね）

まさかあの時に泣いていた少年がイーサンだったなんて、想像もしていなかった。

確かに綺麗な顔立ちはしていた記憶はあるものの、みすぼらしく痩せこけていたこともあって、今の彼とは結び付いていなかった。

――当時のことは、ぼんやりと覚えている。

私は常日頃から両親に貴族として気高くあるよう教えられてきた。

そして私が七歳の頃だから、まだ両親の貴族至上主義の考えに染まりきっていなかったし、何より悲惨な彼の境遇を聞いて同情しないほど、私は冷たい人間でもなかった。

貴族でありながらも平民を脅してお金をむしり取るなんて真似、許せるはずがない。

だからこそ、あの領主を罰してやりたいと行動に出たのだ。

お父様に怒られるというのはきっと、平民を救うために自分の身を危険に晒したとなれば、こっぴどく叱られるのが目に見えていたからだろう。

「アナにとっては何気ない出来事だったとしても、あなたは俺や家族を地獄から救い出してくれて、生きていく道標《みちしるべ》を与えてもらったんです」

イーサンにとっては本当に、人生を変えるほどの出来事だったに違いない。

（……私の何気ない言葉を、ずっと覚えて……）

前世でどうしようもない妻だった私のことだって、イーサンはずっと好きでいてくれた。

それは単なる恋心だけでなく、恩を感じていた部分もあったからこそなのだろう。

私は隣に立つイーサンに、ぎゅっと抱きつく。

「アナ？」

「……過去の私に感謝しないとって思ったの。あなたにこうして好きになってもらえたんだから」

「それは俺のセリフです。本当にありがとうございます」

「ううん。ずっと私のことを好きでいてくれて、ありがとう」

きつく抱きしめ返してくれたイーサンの腕の中で、ずっと過去の私はどうしようもない人間だと思っていたけれど、良いところだってきっとあったのだと、少しだけ泣きそうになった。

やがて私はイーサンの隣から離れて地面に膝をつくと、小さなお墓の前でそっと両手を組んだ。

「祈りを捧《ささ》げても？」

「はい。ありがとうございます」

そしてイーサンのお祖父様とお祖母様に、彼という素晴らしい人を育ててくださったことへのお礼、そしてこの先もずっとずっと大事にすると誓ったのだった。

◇◇◇

無事にイーサンのご家族への挨拶を済ませた私は、帰宅後もその他の『イーサンとやりたいことリスト』の消化をしようと思っていた矢先。

「騎士団のイベントに参加したいんだけれど、次はいつあるの？」

「絶対にだめです」

「えっ」

なぜか、即反対されてしまった。

居間のソファに座る彼のすぐ隣に腰を下ろし、理由を尋ねてみる。

「どうして？　無知な私が何か失礼なことをしてしまいそうだから？」

「違います、可愛いアナを誰にも見せたくないからです。以前、見学に来てくれた時だって、どいつもこいつもアナに見惚れていましたから」

「ふふ、何よそれ」

そんなことを気にしていたのかと、思わず笑ってしまう。

「それに今は犯人が捕まっていない以上、あまり人の多い場所には行ってほしくないので。俺も立場的に忙しくなるせいで、アナの側にいられる時間も限られますし」

「……確かにそうね、ごめんなさい」

騎士団のイベントとなれば、騎士団員の人々以外にも大勢の人が集まるはず。

(どこかに犯人がいるかもしれないと思うと、気が抜けないもの)

「でも、アナがそう言ってくださったのは嬉しいです。ありがとうございます」

「ううん、こちらこそ」

ライラと見学した時にイーサンの騎士団での様子も見られたし、贅沢《ぜいたく》は言わないでおこうと思う。

「そういえばあの日、私はイーサンがルアーナ様と親しいって知って泣いてしまったんだから」

頬を膨らませながらも軽い調子でイーサンを小突くと、彼は分かりやすくしゅんとした。

そしてソファの上に置いていた私の手に自身の手を重ね、口を開いた。

「……知っています。あの日、ランドルにアナの様子を見てくるよう頼みながら、俺もアナを追いかけていったので」

「えっ？」

それから、私が泣きそうな顔をして席を立ったことに気付いたイーサンは後を追いかけてきて、私の言葉に動揺して転んだという話を聞き、驚きを隠せなかった。

けれど絶対に私に何の興味もないランドル卿が追いかけてきたことと、他人の目線で喋っていたことにも納得がいった。

「本当にずっと、私のことが大好きだったのね」

「……はい」

私も悲しい思いや辛い思いをしていたものの、きっとイーサンも同じくらい傷付いて、もどかしい思いをしていたのだろう。

「アナとスティール公爵令息様の記事を、嫉妬で粉々にするくらいには」

「ええっ」

イーサンと話していると、知らなかったことや新たな彼の一面が見えて、度々驚いてしまう。

それにしてもイーサンは私が思っている以上に、嫉妬深いところがあるらしい。

「イーサンってやきもち焼きで可愛いわ」

「迷惑ではないですか？」

「まさか、それくらい私のことが好きってことでしょう？　すっごく嬉しいし、むしろもっと妬《や》いてほしいくらいで――っ、ん」

イーサンに突然唇を塞がれたことで、その先の言葉を紡ぐことはできなくなった。

もちろん嫌なんかではないものの、驚きで少し身体を引いてしまう。

するとイーサンは逃さないとでも言うように私の後頭部に手を回し、更に深く口付けられる。

やがて唇が離れ、まだまだキスには不慣れで上手く呼吸ができず息が上がっている私を、イーサンはそっと抱き寄せた。

「……申し訳ありません、アナが可愛すぎるせいで自制心を失ってしまうんです」

はあ、と深く息を吐くイーサンは反省しているらしい。

私はというと大好きな彼にキスをされただけでも嬉しくてドキドキしてしまうのに、少し強引な部分としおらしい部分のギャップにやられ、心臓は破裂寸前だった。

イーサンは真面目な人だし、あまり気にしてしまうと触れてくれなくなるかもしれない。

「う、ううん！　いいの！　強引なところも好きだし、もっと乱暴？　でも大丈夫よ！」

そんな不安を抱いた私は、精一杯フォローしようとする。こう見えて私は昔からとても健康だし、細身ながら見た目以上に頑丈な自信はあった。

するとイーサンはサファイアのような目を瞬いた後、大きな溜め息を吐いた。

「……アナは一体、俺をどうしたいんですか」

少し伸びた銀色の前髪をくしゃりと掴んだ後、私へ熱を帯びた瞳を向ける。

「悪いのはアナですから」

「え」

そうして再び、イーサンの整いすぎた顔が近づいてきて私は彼のシャツを掴み、目を閉じる。

それからしばらく甘い時間が続いた後、この場所が居間だったと気付いた私は使用人達にも絶対に見られたと恥ずかしくなり、丸一日部屋に引きこもったのはまた別の話。

◇◇◇

そんなある日、少しでもイーサンの力になりたいと過去のように執務室で仕事をしていたところ、パトリスが困惑した様子でやってきた。

そんな彼女の手には、一通の手紙がある。

「暗い顔をして、どうかしたの？」

「お嬢様にお手紙が届いておりまして」

「ありがとう」

書類に走らせていたペンを静かに置き、気遣う様子のパトリスから手紙を受け取る。

そして差出人の名前を見た私の口からは、戸惑いの声が漏れた。

「ルアーナ様から……？」

彼女とはイーサンと婚約したという話を聞いた時以来、一度も会っていない。あの日のことを思い出すと、辛さや恥ずかしさなどでいっぱいになり、叫び出したくなる。

（ルアーナ様が一体、私に何の用かしら）

恐る恐る手紙を開封すると、ふわりと良い香りが鼻を掠める。

「……え」

そして女性らしい美しい字で描かれた手紙を読み始めた。

――以前からルアーナ様のもとには見知らぬ相手から好意がびっしりと綴られた手紙が送られて

きたり、常にどこからか視線を感じたり、贈り物と称して気味の悪い品が届いたりしていたという。

（確かにルアーナ様は美しいし、多くの人から慕われていると聞いているもの。そんな人間が現れても不思議じゃないわ）

相手にするはずもなく無視をしていたところ、今度は屋敷内で異変が起こるようになったそうだ。

護衛を増やし屋敷の警備も厳しくしたものの収まることはなく。身近な人間に犯人がいるのではないかと今では疑心暗鬼になり、誰も信用できなくなっているようだった。

そんな中、相手は痺《しび》れを切らしたのか殺人予告まで届き、眠れない日々を送っているらしい。

「……なんてことなの……」

そこでできることなら、イーサンに護衛として守ってもらいたいという。イーサンならその実力も間違いなく、ルアーナ様を慕っていないことも分かっていて安心できるから、と。

けれど一度は婚約した身で頼んでも、イーサンは私のことを考えて絶対に断るはず。どうか私の方から説得してもらえないかというお願いが綴られていた。

一緒に屋敷へ来てもらってもいいし、どうか数日だけでもいいから安心して眠りたい。

食事も喉が通らず、このままでは身体を壊してしまうという切実な願いに、胸が締め付けられる思いがした。

（それに、これればかりは他人事じゃない）

実は私も過去に何度も、同じような目に遭ったことがあった。一時期は常にそんな相手が現れるものだから、少しノイローゼになったくらいだ。

犯人は匿名だったこともあれば、過去に求婚を断った相手など様々で。

相手が分かっていた場合はお父様が対応してくれてすぐ解決したけれど、匿名の場合は厄介で侯爵家の力をもってしても、なかなか解決しないことも多々あった。

（それでも私の場合は不思議と、自然と解決したのよね）

最初は何の反応もない私に対して諦めたのかと思っていたけれど、熱烈な手紙が毎日届いていたのに急にぴったりやむというのはおかしい。

それも一度や二度ではなく、そちらの方がなんだか怖いくらいだった。

『アナスタシアを慕う頭のおかしい男が、他の同じような人間を殺しているんじゃない？』

『怖いことを言わないでちょうだい』

友人達にお茶の席で何気なく話した際、ニコルにそう言われてゾッとした記憶があった。

とにかく不安に思うルアーナ様の気持ちは痛いほど分かるし、少しでも安心してほしい。

けれど彼女はイーサンと婚約までしかけた仲だし、やっぱり複雑な気持ちもあった。

（……こんな時でも、少しもやもやしてしまう私は最低なのかしら）

ルアーナ様がイーサンに腕を絡めていた姿を思い出すと、未だに胸がじくじく痛む。

それでも、これほど助けを求めている相手を無視するなんてこと、できるはずがない。

そう思った私は手紙を手に、イーサンの部屋へと向かった。

「――ルアーナの護衛、ですか？」

「ええ。このままでは身体を壊してしまうもの」

事情を説明し、忙しいのは分かっているものの、数日だけでもお願いできないかと尋ねると、イーサンは困惑した様子だった。

「俺は構いませんが……アナは良いのですか？」

「ええ、イーサンが私を大好きなのは分かっているから、嫉妬なんてする必要がないもの。もしかしてこれに乗じて浮気をするの？」

「あり得ません」

本当は大して余裕はなかったものの、イーサンが断る理由になっては困ると強がってみせた。

だからこそ冗談のつもりだったというのに、即座に否定したイーサンの声には少しの苛立ちが含まれていて、心配する必要がないのは明らかだった。

「とはいえ俺も多忙なので、他の仕事を考えると三日程度が限界です。その間に犯人が捕まらなかったとしても、それきりになります」

「仕方ないと思うわ。三日だけだとしても気が休まる時間は必要でしょうし……」

そもそも騎士団長であるイーサンが護衛をするなんて、本来は王族くらいのものだろう。

ルアーナ様だって、それ以上を望んではいないはず。

「本当にいいの？　イーサンも忙しいのに」

「はい。……彼女に対しては、約束を反故にしてしまった罪悪感もありますから」

ルアーナ様とイーサンの間にどんなやり取りがあったのか、私は詳しくは知らない。それでもイーサンが「互いに何もなかった」と言うのだから、それ以上尋ねるつもりはなかった。

貴族の結婚や婚約は本人達の意思以外の理由が大きいことも、誰よりも知っている。

「ありがとう。二人で行くと返事をしておくわ」

「アナも行くんですか？」

「ええ」

こういう時、家族や使用人以外の誰かと話をするのも気分転換になるはず。

（……私だって、ニコルとライラに救われたもの）

もちろん彼女達とは違い、友人ではない私では力不足かもしれないけれど、少しでも何か助けになれたらいいなと思う。

そうして私は自室へと戻り、ルアーナ様への返事をすぐに認めたのだった。


それから二日後、私は予定を調整したというイーサンと共に、朝からルアーナ様が暮らすトウラー伯爵邸へやってきていた。

今日から三日間、通いでお邪魔することになっている。

「ああ、ようこそいらっしゃいました、心から感謝いたします」

私達を出迎えてくれたのは、ルアーナ様のお父様である伯爵だった。以前見かけた時よりもずっと窶《やつ》れていて、イーサンが来たことに安堵している様子だった。

娘思いの方だと聞いたことがあるし、ルアーナ様の今の状況を心から憂いているのだろう。

「私と幼い頃から仕えているメイド以外には会おうとしないんです」

ルアーナ様の部屋までは、直接伯爵が案内してくれた。

やがてノックをして中へ入ると、そこにはベッドの上に横たわるルアーナ様の姿があった。

「ルアーナ、騎士団長様とアナスタシア様が来てくださったよ」

ゆっくりと身体を起こしたルアーナ様の姿を見た瞬間、私は言葉を失った。

隣に立つイーサンも、静かに息を呑んだのが分かった。

「……っ」

ひどく憔悴していて、以前見た明るくて愛らしい姿とはまるで別人で息を呑む。

真っ白どころか青白い肌の上、目の下には深いクマができており、元々華奢《きゃしゃ》だった身体はガリガリに痩せ細っていた。

私のひとつ年上だったはずなのに、十歳くらいは老けたように見える。

(精神的に追い詰められているとはいえ、こんなにも窶れるものなの……?)

重い病などを疑ってしまうくらいの変化に、戸惑いを隠せない。

それでも顔に出してはいけない、よほど怖い思いをしているのだろうと笑顔を作った。

「ルアーナ様、どうか安心してくださいね」

「……ありがとうございます。アナスタシア様、イーサン様」

ほっとしたように笑う姿は以前の面影があって、胸が締め付けられる。

少しでも早く解決するようにと、祈らずにはいられなかった。


最近のルアーナ様は基本的に一日中ベッドの上で過ごしているらしく、私達は彼女の部屋で過ごさせてもらうことになった。

「何か私達にできることはありますか？」

「いえ、お二人がお側にいてくださるだけで安心できますから」

ルアーナ様は弱々しく微笑むと「少し休みます」と言って、目を閉じた。

医者には診てもらったのかと尋ねたところ伯爵もそれを望んではいるものの、ルアーナ様がひどく嫌がるせいで、一度も叶っていないそうだ。

（……本当に全てが心労から来るものなのかしら）

心配に思いながらも、私にできるのはこうしてこの部屋でただ過ごすことだけ。

ルアーナ様が眠っている間、向かいのソファに座るイーサンは書類仕事をしていた。

実は最近のイーサンは少し目の調子が悪いらしく、事務仕事の際は眼鏡をかけている。儚《はかな》げな彼の美貌と眼鏡の相性は抜群で、視界に入る度に悲鳴を上げそうになる。

こんな時でも眼鏡姿を見るだけで胸が高鳴ってしまい、私は頰を叩いて気合を入れ直す。

「ねえ、イーサン。ルアーナ様のこと、どう思う？」

「……俺には病のことはよく分かりませんが、嫌な感じがします」

「嫌な感じ？」

「はい。ルアーナの身体から」

書類から顔を上げたイーサンは、形の良い眉を顰めた。

その表情からは、何かに対して違和感を抱いていることが感じ取れる。上手く言語化できないらしいものの、イーサンのこういう感覚はほぼ当たるという。

（やっぱり、何か病気なのかもしれない）

後でルアーナ様の目が覚めたら、私が幼い頃からお世話になっている信頼できる女性の医者を勧めてみようと思った。


イーサンとトウラー伯爵邸に来るようになってから、もう三日が経つ。

予定では今日が最終日だけれど、ルアーナ様に回復する様子はないどころか、悪化しているようにも見える。医者に診てもらうことを勧めてみたものの、彼女は決して首を縦に振らなかった。

「ルアーナ様、一緒に食事はいかがですか？」

「ごめんなさい、食欲がないの」

会話をするのも辛そうで、結局私ができるのはただイーサンと共にこの部屋にいるだけ。

(本当にどうしたらいいの……?)

日を追うごとに弱っていく姿を見ていると、やるせない気持ちになる。

「……アナスタシア様は、とても優しい方ですね」

そんな気持ちが顔に出てしまっていたのか、ルアーナ様は眉尻を下げて微笑む。

「誰よりも美しくて優しくて、高貴な身分で」

「いえ、私はそんな」

「だからあの人も――……」

俯いたルアーナ様がそれ以上何を言ったのか、聞き取ることはできなかった。

「きゃあああああ！　誰か！」

それと同時に、屋敷の庭園の方から若い女性の悲鳴が上がった。

私はルアーナ様を守るように抱きしめ、イーサンは瞬時に剣を手に立ち上がった。

「少し様子を見てきます。お二人は絶対にこの部屋から出ないように」

「ええ、分かったわ」

イーサンはすぐに戻ると言い、ルアーナ様の部屋を出ていく。

(やっぱり、例のルアーナ様を狙う人物なのかしら)

このままイーサンが犯人を捕まえれば、ルアーナ様もきっと落ち着くことができるはず。とにかく早く解決することを祈りながら、イーサンの無事を祈っていた時だった。

「……ねえ、アナスタシア様」

「なんでしょうか？」

私の腕の中で俯くルアーナ様に名前を呼ばれ、顔を上げる。

「本当に、ごめんなさい」

「――え？」

次の瞬間、私の身体はベッドに押し倒され、めり込むくらい強い力で押さえ付けられていた。

（……っ息が、……できない……）

首もきつく締められているようで、息ができない。

ルアーナ様にこんな力があるとは思えず、痛みや苦しさを感じながらも目を開ければ、彼女の左手は黒い長い蔦《つた》のようになり、私の身体にきつく巻き付いていた。

（なに、これ……）

こんなの、どう見ても人間のものではない。

「ごほ、……う……」

「……これはね、人間の身体に住み着く魔物よ」

息ができず苦しむ私を見下ろしながら、ルアーナ様は続ける。

「どうしてもあなたの身体が欲しくて、魔物に魂を売ったの」

信じられない言葉に、絶句してしまう。

魔物の中には知恵があり、人間と意思の疎通ができるものがいるというのは聞いたことがあった。

けれどそんなことを実際にするなんて信じられない、信じたくなかった。

「……ど、し……て……」

「だってもう、テオドール様は……っ……私を愛してくれないもの……」

ぽたぽたとルアーナ様の大きな瞳からは涙が溢れ、私の頬に落ちて伝っていく。

どうしてここで、テオドールの名前が出てくるのか分からない。けれど、今のルアーナ様が嘘を言っているようには見えなかった。

「ずっと好きだったの……けれど、彼はあなたが好きだから……っ」

だから、私の身体を奪おうとしたとでも言うのだろうか。

どう考えても、正気ではない。

「以前、舞踏会であなたを殺そうとしたのも私よ」

「……っ」

「あなたさえいなくなれば……テオドール様は私を見てくれると思った」

毒蛇の魔物によって殺されかけた事件の犯人がルアーナ様だったなんて、私は想像すらしていなかった。呆然とする私を見て、ルアーナ様は泣きそうな顔で笑う。

「でもね、テオドール様はあなたじゃないとだめみたい。私はテオドール様のためなら、どんな惨めな命令だって聞いてきたのに」

呼吸ができないせいで苦しくて、だんだんと頭が真っ白になっていく。このままでは死んでしまうと必死に抵抗するものの、黒い蔦のようなものはびくともしない。

「……だから最後はイーサン・レイクスを殺せという命令に従うんじゃなくて、あなたに成り代わることを選んだの」

(テオドールが、ルアーナ様にイーサンを殺せと命じた……？)

遠ざかる意識の中、必死に抵抗し続ける私を、ルアーナ様は嘲笑う。

「死ぬ直前に入れ替われるから、大丈夫。殺しはしないわ」

「……っ、……ぁ……」

「イーサン・レイクスも今頃足止めを食らっているだろうから、助けは来ないわよ。そしてあなたに成り代わった後、あの男を殺すの」

きっと彼女は最初から私を誘《おび》き寄せるために、殺人予告という自作自演の嘘を吐いたのだろう。

襲われていたのも病気や心労ではなく、魔物の影響なのかもしれない。

(何もかも信じていた私が、馬鹿みたいだわ)

きっと私がここに来た一番の理由は、ルアーナ様が心配だったのではなく、彼女からイーサンを奪ってしまった形になったことによる罪悪感を薄れさせるためだった。

それでもここに来て一緒に過ごしながら、心から心配していたのも事実だったのに。

「……ずっとずっと、好きだったの。幼い頃の私は病気で太って醜い姿をしていて、みんな私を避けて馬鹿にしていたのに、テオドール様だけは周りと同じ扱いをしてくれた」

「……ぐ、……ぅ、あ……」

「私には、テオドール様しかいないのよ……！」

首を絞める力が更に強くなり、もう本当に意識を失ってしまいそうで。

イーサンに「助けて」と、強く祈った時だった。

急に身体が解放されたかと思うと、目の前が真っ赤に染まる。

「いやああ、痛い、ああああああ！」

「アナ！」

それがルアーナ様の腕から噴き出した血だと気付くのと同時に、剣を手にしたイーサンがこちらへ駆け付けたのが見えた。

「げほっ、ごほ、……はあっ……」

「大丈夫ですか⁉」

イーサンに支えられながら一気に酸素を吸い、呼吸を整える。

まだ苦しくて言葉は発せないものの、今にも泣き出しそうなイーサンに大丈夫だと伝えたくて、なんとか笑顔を作って頷いた。

向かいでは魔物と一体化していた手を切り落とされたルアーナ様が苦しみ、のたうち回っている。

「この女にならないと、テオドール様は私を見てくれないのに！　いやああ……」

それでもなお、テオドールからの愛情を求める姿は異常で、ぞくりと身体が震える。

「イーサン……？」

そんな中、イーサンは突然剣を振り上げ、壁に突き刺した。

剣の先ではルアーナ様の腕に寄生していた魔物が息絶えていて、私は息を呑む。

「……いやあ、いや……」

ルアーナ様はふらつき涙ながらに右手をこちらへ伸ばし、ぷつりと糸が切れたように倒れた。

ベッドは彼女の血で真っ赤に染まっていて、はっとする。

「アナ、大丈夫ですか⁉　アナ、返事を──……」

すぐに動けそうにない私はイーサンに、医者や伯爵を呼ぶようお願いした後、眠るように意識を失ったのだった。

◇◇◇

倒れた私はレイクス伯爵邸へ運ばれ、目が覚めた時には自室のベッドの上だった。

ずっと付き添ってくれていたというイーサンはメイドに温かい飲み物を用意させると、すぐに下がるよう命じた。

「アナ、血を見て気分は悪くなったりしていませんか？」

「大丈夫よ、私が死んだ時の方が血は出ていたから」

「…………」

「あ、あはは……あの、とにかく疲れて倒れただけで元気よ」

イーサンがあまりに心配げな暗い表情を浮かべるものだから、場の雰囲気を明るくしようと冗談を言ったところ、余計に悲しい顔をさせてしまった。

眠っている間に医者に診てもらったらしく、私に問題はなかったという。首や手足にアザは少しあるけれど、時間の経過と共に消えるそうだ。

ルアーナ様は心身共に衰弱しており、左腕は失ったものの命に別状はないという。

今後の彼女の処遇については体調が回復し次第、この国の法に則《のっと》って決まると聞いた。

「助けに行くのが遅くなって、申し訳ありません」

「ううん、ありがとう。……それにしても、あの舞踏会での事件の犯人がルアーナ様だったなんて」

それもイーサンではなく、テオドールを想うが故だとは想像すらしていなかった。

あえてひどく苦しむような殺し方を選ぶほど憎まれていたと思うと、背筋に冷たいものが走る。

イーサンは大丈夫だと言うように、膝の上に置いていた私の手を握ってくれる。

「それでも犯人が捕まったことで、少し安心したわ」

「そうですね」

「……でも、彼女はテオドールにイーサンを殺すよう命じられたって言っていたの」

私がそう呟くと、イーサンは返事の代わりに銀色の長い睫毛を伏せた。

「大方、彼女が俺と婚約しようとしたのも、アナから引き離すためです」

「そんな……」

何のために、と言いかけた私は口を噤んだ。

私とイーサンを引き離して得をするのも、テオドールだと気付いてしまったからだ。

『この女にならないと、テオドール様は私を見てくれないのに！　いやああ……』

きっと、ルアーナ様は何よりも誰よりもテオドールを愛しているのだろう。

それでも愛する男性のために他の男性と婚約したり、魔物に魂を売ってまで身体を奪ったりしようとするなんて、正気の沙汰ではない。

けれど先ほどの様子から、ルアーナ様がもう正常な状態でないのは明らかだった。

「前回の人生でのテオドールは、本当に優しかったのに……」

自分のことを愛する女性に殺人を命じるなんて、あまりにも残酷すぎる。

「……案外、そうでもないかもしれません」

信じられないとこぼす私に、イーサンはそう呟く。

彼が理由もなくそんなことを言うとは思えないし、何か思い当たることがあるのかもしれない。

「どういうこと……？」

「…………」

イーサンは膝の上で組んだ自身の手をじっと見つめたまま、唇を薄く開いては閉じるのを繰り返していた。その躊躇う様子は、言葉を選んでいるようにも見える。

それから少しして、イーサンは私へ視線を向けた。

「……本当は、もっと確実な証拠を手に入れてから話すつもりだったんですが」

そう前置きして一呼吸置き、彼は続ける。

「一度目の人生で劇場で火事を起こしたのも、スティール公爵令息様ではないかと考えています」

「――えっ？」

信じられないイーサンの言葉に、頭を思いきり殴られたような衝撃が走った。

言葉を失う私の手を、イーサンはぎゅっと握りしめる。辛そうな顔をしている優しい彼はきっと、私がショックを受けていることに心を痛めているのだろう。

「あの劇場には、特別な魔道具によって火災防止の魔法がかけられているそうです」

「なんで……だって、そんなはずは……」

間違いなくあの日、私は火災に巻き込まれた末に死んだのだから。

劇場内を覆い尽くすような轟々《ごうごう》と燃え盛る炎を、今も私は鮮明に覚えている。

「先日調査に行った際、確認したところあと三十年は持つとのことでした。――誰かが故意に、破壊したりさえしなければ」

「……っ」

強力な魔道具に頼りきりな分、火災への備えも不十分だったという。だからこそあの日、劇場内はあっという間に炎が燃え広がったのだろう。

劇場を使用する際は、観客を動員する前に点検も行われるらしい。

つまりあの日、開演前から火事が起きるまでの数時間の間に魔道具が壊れ、そのタイミングで火災が起きたことになる。

偶然そんなことが起きる確率なんて天文学的な確率で、誰かが故意に火災を引き起こしたと考えるのが自然だろう。

「アナが俺を助けてくれた時のことを覚えていますか？」

「え、ええ。確かイーサンが火の中で立ち尽くしているところに、シャンデリアが落ちるのが見えたの」

そして私は考えるよりも先に身体が動き、イーサンを突き飛ばしたのだ。

「……あの瞬間、身体が動かなくなったんです。煙を吸いすぎたのかとも思いましたが、今考えると微動だにできないなんて、明らかにおかしい」

「えっ？」

けれど確かに私も、おかしいとは思った。

王国最強の騎士、英雄と呼ばれるイーサンほどの人が、あんな大きなものが落ちてきて気付かず、避《よ》けられないはずなんてない。

「身体の自由を奪うような魔法をかけられたのではないかと」

「そんな……」

普段のイーサンなら到底あり得ないものの、混乱を極めていた劇場内で救出を続ける間に、何かされたとしても気付かなかった可能性があるという。

(つまり魔道具を破壊して劇場内で火災を引き起こした末に、事故を装ってイーサンを殺そうとしたってこと……？)

あの日のことは、巻き込まれた当事者である私ですら事故だと思っていた。

燃やし尽くされた劇場内の調査をしたところで、全て事故だと片付けられていたに違いない。

全てが仕組まれていたことだと思うと、全身にぞっと鳥肌が立っていく。

(そもそも私達があの日、劇場に行くと知っていたのは――……)


『そうか。デートをして、劇場で……』

『ええ、まだチケットを取れるかも分からないし、予定は未定なんだけれど』

『いいと思うな。僕にも協力させて』

『……いいの？』

『確かアナスタシアが好きだった絵本のオペラが、今月末から始まるんだ』

『アナスタシア！』

『……テオドール？』

『騎士団長という立場の彼は、人命救助にあたるつもりなんだろう。当然のことだよ』

『でも、何かあったら……！』

『古代竜を倒した英雄が、火事くらいで何かあるわけがないさ。大丈夫だ』

『ほら、行こう。僕についてきて』


走馬灯のように過去の記憶が蘇ってきて、同時に点と点が線で繋がる感覚がする。

そしてあまりの恐ろしさに、目の前が暗くなっていくのを感じていた。

（テオドールが、全て仕組んでいたの……？）

イーサンは小さく震え出した私の身体を抱きしめ、子どもをあやすように背中をさすってくれる。

優しい手つきと温もりに、だんだん落ち着いていくのが分かった。

「嫌なことを思い出させてしまって、すみません」

「ううん。それより本当にテオドールがイーサンを殺そうとしていたと思うと、怖くなって……」

私の知るテオドールは、優しくて誠実な男性だった。

――正直、心のどこかではまだ彼を信じたいという気持ちがあるのも事実で。イーサンはそんな私の心のうちを見透かしたのか、眉尻を下げて微笑んだ。

「ですが今はルアーナの言質だけで、一切の物証はありません。そもそも今回の人生で火災は起きていませんし、彼を罪に問うことはできません」

「でも、今回の人生でイーサンの命を狙うよう命じたのも事実だわ」

今の王国法はひどく貴族に有利なもので確実な物証がなければ裁かれることはないものの、この先もイーサンの命を狙う可能性があると思うと、見過ごすわけにはいかなかった。

とはいえ、これまでテオドールは直接手を下してはおらず、簡単に尻尾を出すはずがない。

彼がかなり頭の切れる人だということを、私はよく知っていた。

「どうにかしてテオドールを止められないかしら……」

テオドールが殺人という二度と後戻りのできない罪を犯す前に、止められはしないだろうか。彼のために全てを投げ打った、ルアーナ様を唆《そそのか》したことによる罪だって償ってもらいたい。

そう思ったものの、これまでのテオドールの行動を考えると、私の言葉で考え直してくれるような段階ではない気がする。彼自身はまだ何も行動を起こしておらず証拠だって何もない以上、はぐらかされてしまうのが目に見えていた。

けれど逆に言うと、証拠さえあれば止められるかもしれない。もちろん実際に罪を犯してしまえば後戻りはできなくなるし、できるなら「罪を犯そうとした証拠」がいい。

必死に頭を働かせ、考える。

私の知る「テオドール・スティール」という人間のこれまでの行動や性格から、彼がどんな時に罪を犯し、その証拠を得られるかを。

(もう絶対に、この幸せを壊させたりなんてしない)

「――そうだわ」

そして少しの後、ひとつの案を思いついた私は顔を上げた。

「ねえ、イーサン。もう一度、私達が死んだあの日をやり直すことはできないかしら」

「……どういうことですか?」

以前、あの日のことを思い出すのは辛いと言っていたイーサンの顔には、困惑の色が浮かぶ。

それでも私は膝の上できつく手を握りしめると、再び口を開いた。

「あの日の火事だけは、直接テオドールが手を下したと思うの」

今回の人生で私は、テオドールの知らなかった一面を知った。幼い頃からよく知っていると思っていた彼が、今ではまるで知らない人のように感じられる。

それでも長年一緒に過ごしてきたからこそ、知っていることだってあった。

(テオドールは肝心な時には、自分で動くから)

幼い頃からそうだった。肝心なことは、必ず自分で行わないと気が済まない。

過去に一度だけ、なぜかと聞いたことがある。彼ほどの立場の人なら、人を使ってどんなことだってできるはずだからだ。

『僕以外の人間を信用していないからかな』

テオドールは笑いながら冗談めかして答えたけれど、きっとそれが彼の本音だった。

だからこそ、劇場で火事を起こして大勢の人を巻き込んでイーサンを殺す、という絶対に失敗できない大掛かりな殺人を犯す場面では、テオドール本人が動いたはず。

何よりテオドールは力のある火魔法使いで、魔法を使えば劇場に火をつけるなんて造作もないことだっただろう。

「テオドールが劇場に火を付けた瞬間を押さえれば、言い逃れもできないでしょう？　だからもう一度あの日と同じ状況を作り出して、テオドールを誘き出すの」

劇場で多くの人々の命を奪う可能性のある放火を行う現場を押さえれば、いくら公爵令息といえども実刑は免れないはず。

我が国で放火というのは、かなり重い罪となる。危険があることはもちろん、国教である宗教の神が炎の中で亡くなったという伝承があるからだ。

ルアーナ様を使って殺人を教唆した罪も含めれば、死罪まではいかなくとも、生涯幽閉されるくらいの処罰はされるに違いない。

前世で私達があんな形で命を落としたことを思うと、手緩《てぬる》い処罰だろう。あの劇場での火事を起こしたとなれば、本来は死罪になっていたに違いない。

テオドールのことを私は今も昔も心から信用していたから、こんな形で裏切られて、本当は今すぐ泣き出したいくらい傷付いていた。

（……それでも私はテオドールに誰かを殺してほしくないし、死んでほしくもない）

今世のテオドールは誰の命も奪っていないため、彼が捕まってこれから先イーサンと安心して暮らしていけることを思えば、十分だと思えた。

「あまりにも危険です。そんな危険なこと、アナにはさせられません」

「私達は一度経験しているでしょう？　だからこそ、完璧な対策をすることもできるはずよ」

イーサンが私の身を案じてくれているのも分かっているけれど、気持ちが変わることはない。

魔道具が事前に壊されることや、どのタイミングで火事が起こるかなどを知っていれば、きっと上手く防ぐことができるはず。

「そうでもしないと、テオドールは絶対にボロを出さないと思うの」

イーサンは誰よりも強いけれど、彼には守るものも大切なものも数多くある。家族や友人、仲間を利用された場合、無事でいられる確証なんてない。

あの日の火災を本当に起こしたのだとすれば、テオドールはどんなことだってしてのけるだろう。

そんな不安を抱えながら生きていくなんて、絶対に嫌だった。

そして前回の人生で私達が命を落とした日——劇場での同じオペラの公演日が近づいている。

実行するとしたらもう、その日しかないだろう。

「俺を殺すにしても、あの日と同じ方法を取るとは限らないのでは？」

「テオドールがあの日あの場所を選んだのは、イーサンを殺すのに最適だったからだと思う」

イーサン・レイクスという英雄――この国で最も強い騎士を殺すのは極めて困難であろう中、あの日の劇場は、一番都合が良かったのだろう。

イーサンが一般客を守り避難させるために残ることを想定し、目撃者がほとんどいない――いたとしても一緒に殺すことができる状況を作り出し、事故を装える。

そして全て燃えてしまえば何の証拠も残らないのだから、テオドールにとっては二度とないほどのチャンスだったに違いない。

「だから、もしもまた同じ機会が巡ってくればテオドールは同じことをするはずよ」

何よりテオドールは前回よりも今回の人生の方が、イーサンへ強い殺意を抱いている気がしてならない。過去では劇場での火事の前にルアーナ様を利用し、殺そうとすることだってなかった。

私の行動が変わったことで、彼も変わってしまったのだろう。

（あの時、テオドールを信用しきっていた愚かな自分が憎い）

そのせいでイーサンまで命を落としてしまったのだから、悔やんでも悔やみきれない。

それでも恋の相談に乗ってくれている優しい幼馴染が夫を殺そうとしていたなんて、想像できるはずもなかった。

『騎士団長という立場の彼は、人命救助にあたるつもりなんだろう。当然のことだよ』

『ほら、行こう。僕についてきて』

『アナスタシア！　待ってくれ！』

けれどさすがのテオドールも、私まで中に戻って命を落とすなんて想定外だったはず。

（本当に前回の火事を引き起こしたのがテオドールだったなら、絶対に許せない）

今回の人生で彼が同じ罪を犯したわけではないけれど、ルアーナ様を使ってイーサンを殺そうとした事実に変わりはない。

「お願い、イーサン。私はこれが今できる最善の方法だと思うの」

「…………」

目を伏せたイーサンは、深く悩む様子を見せている。

けれどそれも当然で、全てが完璧に上手くいく保証なんてないしリスクだってある。

「テオドールが犯人でなければ火災は起きないはずだし、また別の方法を考えればいいんだもの」

それでも、こんな機会はもう二度とないはず。

なおも躊躇っているイーサンの手をそっと取り、両手で握りしめる。

「何より私はあの過去を、無駄にしたくない」

「────」

大好きなアイスブルーの目をまっすぐに見つめて告げると、イーサンはぐっと唇を噛んだ。

イーサンだってきっと、同じ気持ちのはず。

「……分かりました」

少しの間の後、イーサンは躊躇いながらも頷いてくれる。

「絶対にアナを危険な目には遭わせないようにします。あなたも無茶はしないでください」

「ええ、分かってるわ」

もう一度命を落としたとしても、再びやり直すことはできない気がしていた。だからこそ、今回の人生は絶対に悔いが残らないよう、精一杯大切に生きていきたい。

やがてイーサンは私の右手をそっと取ると、両手で包み、祈るように額に近づけた。

「今度こそ必ず、俺がアナを守ります」

「……ええ、ありがとう」

その言葉にどれほどの想いが込められているのかと思うと、胸が締め付けられる。

そして、今世こそ絶対にイーサンとの幸せな未来を掴み取ってみせると誓った。

第七章

あの日をやり直すと決めた私は、すぐに届いていた招待状の中から、テオドールが参加しそうなものを選び、全て参加するという返事を送った。

（まずは過去と同じように、イーサンと劇場へ行くことを伝えないと）

今の私がテオドールと会うには、偶然を装うほかない。

そうして社交の場に顔を出し始めてから、三回目の晩。知人の侯爵令嬢の誕生日パーティーで、テオドールの姿を見つけた。

前回の人生で私達が命を落とした事件はテオドールが仕組んだ可能性が高いと思うと、悲しみと怒りが込み上げてくる。

それでも今は、これまで通り振る舞わなければいけない。両手を握りしめて必死に平静を装う。

「久しぶりだね、アナスタシア」

「ええ」

どう声をかけようか悩んでいたものの、目が合うのと同時に、以前と変わらない笑みを浮かべたテオドールに声をかけられた。

彼と会うのは国王陛下の誕生日を祝う舞踏会で、彼からの告白を断った日以来だった。

「……この間は、ごめんなさい」

「僕の方こそ無理を言ってごめんね。大切な友人でもあるアナスタシアには幸せになってほしいし、今の君が幸せなら良かったよ」

「ありがとう、テオドール」

この言葉が彼の本音で何もかもが誤解で、昔みたいに戻れたらどんなに良かっただろう。

そう思えるくらい、私にとっての彼は大切な存在だった。

前回の人生で家族にも見捨てられた後、無理を押して会いに来てくれて、絶対になんとかすると言ってくれた時は本当に嬉しくて、救われた気持ちになったのに。

怒りや裏切られた悲しみでいっぱいになり、堪えるようにぐっと唇を噛む。

「トウラー伯爵令嬢の件も聞いたよ、大変だったね。まさか君を襲うなんて」

「………………」

そんな私の心の内に、テオドールは気付いていないらしい。

ルアーナ様の件を自ら話題に出したテオドールは心から私を心配し、ルアーナ様を軽蔑するような様子を見せた。

命に別状はなかったものの、彼女は現在治療を受け続けていて、後遺症も色々と残りそうだと改めて謝罪をしに来たトウラー伯爵から聞いている。

（あなたが命じたことじゃないの？　テオドールのためにルアーナ様は全てを失ったのに、どうしてそんなにも平気な顔ができるの？）

やはりもう、私の知る幼馴染のテオドールはいないのだと思い知らされる。

けれどここで激昂《げきこう》しては全ての計画が無に帰すと自分に言い聞かせ、私は無邪気な笑顔を作った。

「ええ。色々と大変だったけれど、今はとても幸せに暮らしているわ」

「それは良かった。前は君が片想いしているようだったけれど、二人はもう想い合っているんだ？」

今のテオドールの発言には聞き覚えがあって、息を呑んだ。必死に記憶の糸を辿り、あの時の私はなんて返事をしたのかを思い出そうとする。

立場や状況は違うものの、過去と同じ会話の流れに持っていこうと言葉を選んでいく。

「ううん、まだはっきりと言葉にはしていないの。だから改めてきちんと告白をしようと思って」

それからはイーサンと両想いになるために、デートをして改めて告白をしたいと思っていること、劇場でオペラを見終えたタイミングで考えていることなどを話した。

「そうか。デートをして、劇場で……」

「ええ、まだチケットを取れるかも分からないし、予定は未定なんだけれど」

「いいと思うな。僕にも協力させて」

「……いいの？」

記憶の中のやりとりと全く同じで、なんだか怖くなって鳥肌が立ち、心臓が早鐘を打っていく。

それでもここで動揺を見せては全てが無に帰ってしまうと、必死に平静を装う。

「確かアナスタシアが好きだった絵本のオペラが、今月末から始まるんだ」

「そうなの？　とても素敵だわ！」

過去と同じように両手を組み、目を輝かせてみせると、テオドールは唇に微笑みを浮かべる。

その感情の読めない美しい笑みにぞくりとしてしまいながらも、この作戦は上手くいくという、確信に似た予感がこの胸の中にはあった。

◇◇◇

そして迎えた当日。私は当時と同じドレスに身を包み、しっかりと身支度をして、イーサンと共に王都の街中へ向かう馬車に揺られていた。

「先ほどランドルから連絡があり、準備に問題はないそうです。魔道具は本来あるべき場所から移し、見た目では間違いなく判別のつかない偽物を用意しておきました」

「分かったわ、ありがとう」

ランドル卿やヘルカ、ブラム、そしてイーサンが信用する部下達が劇場で既に待機して、見張ってくれているそうだ。

——イーサンは作戦を実行するにあたり、ランドル卿とヘルカ、ブラムには私とイーサンが人生をやり直していること、そして劇場で命を落としたことを話したという。

普通ならあり得ないと笑われてしまうような話だというのに、ランドル卿とヘルカはすんなりと信じてくれて、むしろ「納得がいきました」なんて言っていたらしい。

一方、ブラムは「そうなんですね」とあっさり受け入れていたんだとか。

そして三人は作戦にも協力すると快諾してくれたそうで、胸が温かくなった。

後で顔を合わせたら、心からのお礼を伝えたい。

（……私も全てが終わったら、パトリスや友人達にこれまでのことを話したい）

きっとみんなも、私の話を信じてくれる気がした。

ちなみに他の人々には「放火予告があった」と説明しているそうだ。

「彼らがいれば何かあったとしても、大抵のことに対応できるはずです」

「心強いわ」

それに偽物の魔道具とすり替えてあるものの、本物は劇場内の別の場所で作動しているため、劇場が大きな火事になることはない。

正確に言うと火がついたとしても魔法で消火され、燃え広がらないようになっているんだとか。

それでも万が一の時のために、二人とも防火効果のある魔道具を身につけている。

「私達はとにかく、あの日通りの行動をするだけでいいのよね？」

「はい。後はもう全て対策済みですから」

イーサンは迷いなく頷くと、唇で綺麗な弧を描いた。

――あの日テオドールが起こしたと考えられる行動は、三つある。

一つ目は火災を防ぐ魔道具を壊すこと、二つ目は劇場に火を放つこと、三つ目はイーサンの動きを封じる拘束魔法をかけることだ。

テオドールがこの三つを行ったせいであの日、大規模な火災が起こり私達は命を落とした。

逆を言うと、これらを防ぎさえすれば何も起こらない。

とはいえ、実際に防ぐのは三つ目だけ。

偽物の魔道具に見張りは付けず、これが壊されるかどうかでその後の行動が決まる。

もしも壊されなければ、何も起きないと思っていいだろう。

けれど壊された場合、オペラの上映中に火災を起こそうとする可能性が高い。その時にはテオドールを監視しながら、放火される瞬間を押さえることになっていた。

魔道具があるとはいえ、もしもの時のために観客に紛れて水魔法使いも複数待機している。

三つ目の拘束魔法に関しては、特殊な防護魔法をかけてもらうことで防げるという。

対象者の魔力を大量に消費するため長時間は使えないらしいけれど、イーサンほどの魔力量があれば、このオペラ観劇の前後くらいは問題ないそうだ。

(ここまで完璧な対策ができていれば、きっと問題ないはずだわ)

前回の人生では、一気に燃え広がった火に翻弄されるだけだった。

けれど、今回は違う。

（これも全て一度目の記憶があるお蔭ね）

あの経験を無駄にせず、絶対にこの作戦を遂行したい。

私に関してはとにかくテオドールに怪しまれないよう、あの日のように浮かれた様子で劇場内でオペラ観劇をするだけ。

もしも合図となる偽物の魔道具が壊された場合、イーサンと共にテオドールを追うことになる。

本当はイーサンに危険だからと反対されたものの、私はその場に立ち会うべきだと言って譲らず、絶対に彼の側から離れないという約束をして、なんとか許してもらった。

「…………」

何気なく窓の外へ視線を向けると、ガラスに反射した憂鬱な表情を浮かべる自分と目が合う。

一年前と何もかもが同じなのに、気分だけは全く違う。

――あの日の私はイーサンに告白をするための初デートに意気込み、緊張し、浮かれていた。

きっと好きだと伝えたら、イーサンは喜んでくれるはず。

そうしたら今までとは違い、本当の夫婦になれるのだと信じていた。

イーサンの目の前であんな風に命を落とし、好きだと伝えることすらできないなんて知らずに。

あの日の自分が哀れで切なくて、未だに思い返すだけで胸が痛む。

「アナ」

そんなことを考えながら窓の外をぼんやりと見つめていると、不意にイーサンに名前を呼ばれた。

向かいに座っていたイーサンは隣へ移動してきて、膝の上に無造作に置いていた私の手を握る。

そしてまるで騎士が誓いを立てる時のように、私の手の甲に唇を落とした。

「アナも、アナとの未来も必ず俺が守ってみせます」

「……ありがとう」

やっぱり私はどうしようもなく単純で、イーサンの言葉ひとつで安心できてしまう。イーサンが側にいてくれさえすれば、絶対に安全だと信じられる。

それでも。

『絶対に僕が、君を助け出してみせるから』

きっと私が一番怖いのは、過去に自分を殺した犯人として、テオドールと向き合うことだった。

過去を再現するといっても、劇場に着くまでの流れは省略し、かつて劇場に着いた時間に直接劇場に向かうことになっている。

やがて劇場に到着してイーサンにエスコートされながら、馬車を降りる。

「……っ」

あの日と全く変わらない様子で聳《そび》え立つ劇場を見ると、一瞬燃え広がる炎の光景がフラッシュバックして、背中を嫌な汗が伝っていく。

「大丈夫です、アナ。もう絶対にあんなことは起きませんから」

そんな私の様子に気付いたらしいイーサンは、優しい笑顔を向けてくれる。

イーサンにとっても、辛くて悲しい記憶の詰まった場所のはずなのに。怖気《おじけ》付いてはいけないと自分に言い聞かせ、もう大丈夫だという気持ちを込めて私も笑顔を返した。

(あんなことは二度と、繰り返させない)

イーサンの腕に自身の腕を絡め、劇場の中に足を踏み入れる。

やはり私達の組み合わせは目立つようで、周りからはたくさんの視線を感じる。人混みの中にブラムの姿を見つけ、周りに気付かれないよう目配せをした。

「アナ、こちらへどうぞ」

「ありがとう」

過去と同じ席に案内された後、イーサンと腕を組んだまま並んで腰を下ろす。

――実はこの座席は、テオドールが手紙で勧めてくれたものだ。

彼からの手紙には《二階の右袖の席がいいと思う》と綴られていた。

前回の人生でもテオドールは「上階の席は目立つから」と言って、この席を勧めてくれていた。

この席から出口へと向かう道は安全で、テオドールが私と合流するために最適だったのだろう。

それなのに私は一切疑うことなく、イーサンを殺すための計画に加担してしまっていたのだ。

分かっていたことではあったものの、いざ実感すると悲しくて悔しくて憎くて、行き場のない感情で心の中がぐちゃぐちゃになる。

（ううん、今はとにかくデートに浮かれる愚かな女でいないと）

膝の上できつく両手を握りしめて笑顔を作ると、私は隣に座るイーサンを見上げた。

イーサンはランドル卿や部下達と魔道具で連絡を取り合っていて、色や光り方ごとに合図を決めていると聞いている。そんな彼はやがて、私の耳元に口を寄せた。

「スティール公爵令息様が、この会場に来られたそうです」

「……そう」

昔は疑問に思う余裕すらなかったけれど、今になるとテオドールがわざわざオペラをこの日に見ること自体、おかしかった。

オペラに興味がないことだって、長年の付き合いで私は知っていたはずなのに。嫌な予感がして、心臓がばくばくと音を立てていく。

そんな中、イーサンの手のひらの中にあった魔道具が、ちかっと光を放った。

魔道具について軽く説明を受けた時、この光り方は特殊で記憶に残っていた私は、息を呑む。

「アナ」

同時にイーサンに名前を呼ばれ、予想は確信へと変わる。

「偽の魔道具が壊されたそうです」

「……っ」

やはり全て、あの日の通りに動き始めているのだろう。

魔道具を壊したのはテオドールではないらしく、彼の犯行現場を押さえるためにも、仲間はこのまま泳がせておくそうだ。

このままいくと今から一時間後、過去同様に劇場に火が放たれるに違いない。

「三十分後にここを離れましょう」

「……分かったわ」

それからすぐにオペラが始まったけれど、もちろん中身なんて一切頭に入ってこなかった。

分かっていたことなのに、これまでのことは全てテオドールが仕組んでいたのだと思うと、どうしようもなく悲しくて、やるせなくて。

必死に涙を堪える私の手を、イーサンはずっと握り続けてくれていた。

◇◇◇

三十分後、私達は周りから見えないように席を立ち、ランドル卿が指示してくれた地点へと向かっていた。火が回りやすいであろう場所には既に目星をつけ、人を配置してあるという。

「すまない、テオドール・スティールを見失った」

「なんだと？」

けれどランドル卿と合流した後、一番に聞いた知らせがそれだった。

何人も見張りを付けていたはずなのに、彼は監視の目を掻《か》い潜《くぐ》って座席から姿を消したらしい。

「目星をつけていた場所にも、現れていないようだった」

「……とにかく手分けをして捜すしかないな」

イーサンの言葉にランドル卿は頷き、その場を離れた。ヘルカ達も皆、捜してくれているという。

私達もテオドールを止めるため、劇場内を必死に捜索していく。

「一体、どこに行ったの……？」

あの日、私達が火事に気が付いたのは劇場に火がある程度回ってからだったため、火元がどこなのかまでは分からない。

（火が回りやすい地点は全て確認していて……こんな時、テオドールなら……）

「──まさか」

事前に確認していた劇場の地図を思い浮かべながら考えていた私は、はっと顔を上げた。

「イーサン、地下だわ！　最奥の地下室！」

「なぜそう思うのですか？　燃え広がりにくい場所で、あのホールまで最も遠いのに」

「だからよ。自分の力をよく知っているからこそ、どんな場所でも問題ないと考えたんだわ」

テオドールの魔法がどれほど優れているのか、私はよく知っていた。

それにあの場所から火災を起こせば劇場全体に燃え広がるまで時間がかかるため、余裕を持って行動することができるはず。

イーサンも私の予想に納得してくれたようで「行きましょう」と頷いてくれる。

そうして向かった先、劇場の最奥の地下室からは焦げた匂いと黒ずんだ煙が漏れ出していた。

「……やっぱり、ここだったのね」

彼のことを理解している自分にやるせなさを感じつつ、イーサンと共に階段を下りていく。

広い地下室に足を踏み入れた私は、言葉を失った。

(どうして……)

そこは一面火の海で、激しく炎が燃える音が耳をつんざく。

本物の魔道具は劇場内の別の場所で保管されていて効果が続いているため、炎は燃え広がらないと聞いていたのに。これでは過去と同様、火災が起こってしまう。

「……あの魔道具の制御を超えるほどの火力なんでしょう」

イーサンがそう呟くのと同時に、真っ赤な炎の中心に人影が見えた。

「……テオドール……！」

やはりそこにいたのは、大切で大好きだった幼馴染の姿で。揺らめく炎の中で薄く微笑む彼の姿は恐ろしい反面、ぞっとしてしまうほど美しかった。

テオドールが正面に伸ばした手のひらから、再び炎が放たれる。

その瞬間、私は大声で叫んでいた。

「もうやめて、テオドール！」

「──アナスタシア？」

こちらを向いた彼は私とイーサンの姿を見て、黄金の両目を見開いた。

テオドールからすれば、信じられない光景だろう。このタイミングで私達がここにいるなんて、本来ならば絶対にあり得ないことなのだから。

しかしながら聡い彼はすぐに、この状況をある程度察したのだろう。

自嘲するような笑みを浮かべると、くしゃりと真っ赤な髪をかき上げた。

「どうしたの？　まだオペラは終わっていないはずなのに」

「お願いだから、もうやめて。あなたが壊した魔道具は偽物よ」

「……へえ、僕が何をしようとしていたのか知ってるんだ」

「あなたが放火する瞬間も魔道具で記録したわ。だからもう、終わりにしましょう」

一度はテオドールによって命を落とした身なのだから、こうして対峙《たいじ》した時は怒りに呑まれ、平静でいられないことを心配していた。

けれどいざとなると、これ以上罪を重ねないでほしいという気持ちが一番で、どれほどテオドールが自分にとって大切な幼馴染だったのかを実感する。

「無理だよ。僕はもうアナスタシアのいない人生なんて考えられないんだ」

「でも、ルアーナ様だってテオドールのために……！」

ルアーナ様の名前を出すと、テオドールは「ああ」と冷め切った声を出した。

「あいつが何か漏らしたんだ？　最後まで使えないな」

「どうしてそんな酷いこと……ルアーナ様は、テオドールだけが他の人と同じように優しく接してくれたのが、本当に嬉しかったって言っていたのに……」

彼女のしたことは、絶対に許せない。

けれど、愛する人に振り向いてもらいたいという必死な姿を見てしまってから、どうしてもその全てを否定することなんてできそうになかった。

一方、テオドールは興味なさげに首に触れ、頭を傾げるだけ。

「本当に馬鹿だよな。俺はアナスタシアだけが特別で、アナスタシア以外はどうでもいいからこそ、その他と同じように扱っただけなのに勝手に勘違いをして」

「……っ」

「どんなことでも喜んでするから、使い勝手だけは良かったよ」

私の知る優しいテオドールなんてもう、どこにもいないようだった。どうしてそんなにも酷いことができるのか、私には理解できない。

嘲笑うように口角を上げた彼は、右手をイーサンへ向ける。

「お前のせいで、アナスタシアはおかしくなったんだ。俺のアナスタシアは誰よりも美しくて気高くて、お前のような薄汚い卑しい男と関わるべき人間じゃないんだよ。さっさと死んでくれ」

「アナ、下がっていてください」

「……分かったわ。どうか気を付けて」

戦闘能力のない私が側にいては、足手まといになってしまう。私はイーサンから離れた場所へ移動すると、きつく両手を握りしめて彼の姿を見守った。

テオドールの手には光が宿り始め、その光は次第に強く輝きを増していく。

光は赤く燃え盛る炎となって手を包み込むように広がり、やがてテオドールの指の動きに従い、まるで生き物のように大きな口を開け、イーサンへ襲いかかる。

（なんて禍々《まがまが》しくて強い魔法なの……！）

学生時代から天才だと言われていたテオドールは、騎士団や魔法師団からも特別待遇で求められるほどの実力者だった。

全力の魔法は初めて見たけれど、あまりの威力と熱気に息をするのも躊躇われる。

――テオドールは本気で、イーサンを殺そうとしている。

それでもイーサンは表情を変えることなく、風魔法で炎を避けていく。テオドールの容赦のない攻撃によって、壁や地面が高温の炎でどろりと溶けていた。

「建物ごと巻き込んで死ぬ気か」

「ああ、それもいいかもしれない。アナスタシアと死ねるなら本望だよ」

嘲笑った瞬間、イーサンが静かに怒ったのが分かった。魔法感知能力に長《た》けていない私でも、イーサンの濃い強い魔力の圧に息苦しくなる。

「一人で死ね」

イーサンも片手をかざし、大きな音を立てる強い風を起こした。その風は刃《やいば》のように鋭く、空気を切り裂く音が地下室に響く。

風の刃はテオドールに向かって放たれ、テオドールは素早くかわしたものの、イーサンは容赦なく次々と刃を放っていく。

テオドールの周囲を旋回するように風の刃が取り囲み、イーサンが手のひらを握りしめた瞬間、刃は一斉に中心にいるテオドールへ向かった。

「ぐっ……うああっ……！」

テオドールは全身を守るように炎を放ったものの、全ては防ぎきれなかったようで、身体に届いた刃が彼を切り裂き、血飛沫《ちしぶき》が上がる。

低い唸《うな》り声のようなテオドールの叫びが耳に届き、私は思わず耳元を手で覆った。

「……くそっ、くそくそくそ！　死ねよ！　死ね！　アナスタシアを返せよ！」

怒りが頂点に達したのか、テオドールは血の滴る両手をイーサンへ向けると、再び炎を手のひらに集め、一気に放つ。

イーサンは冷静なまま竜巻に似た風を起こし、やがて火と風が激しくぶつかり合った。

その衝撃で地下室は大きく揺れ、煙と火花が広がっていく。

「……っ」

二人が戦闘を繰り広げている間、少しでも燃え広がる炎を抑えようと、水魔法を使って必死に消火する。

（お願い、消えて……！）

熱くて息苦しくて、目も鼻も喉も痛くて、視界が滲む。それでもとにかく魔力を水に変換して、炎を勢いで押し殺し続ける。

私にできるのは現状維持以下だと思っていたものの、やはり魔道具の効果もあるようで、想像していた以上に炎の勢いは弱まっていった。

「はあっ……はあ……」

魔力は尽きかけたけれど、無事に全ての火を消した私はもう体力の限界で立っていられず、その場にずるずるとしゃがみ込む。

「イーサン……」

一方、二人は息を吐く暇もない戦いを続けていたけれど、やがて勝負はついた。

「……終わりだ」

地面に倒れるテオドールの首筋には、彼を見下ろすイーサンが抜いた剣があてがわれる。

いくらテオドールが強くとも、英雄と呼ばれるイーサンに勝てるはずがない。

彼だって分かっていたからこそ、大掛かりな仕掛けをして劇場で命を奪おうとしたのだろう。

「はっ、殺せよ」

「ああ」

煽るように笑うテオドールに、イーサンは迷わずそう答える。

それだけはいけないと止めに入ろうとしたのも束の間、イーサンは拳を振り下ろすと、テオドールの顔を思いきり殴った。

テオドールの切れた唇からは、ぽたぽたと鮮血が垂れていく。

「殺してやりたいよ、何度でも。お前は俺の一番大切なものを奪ったんだ」

低くて冷たいイーサンの声には、強い殺意がこもっている。今にも命を奪ってしまいそうな圧に、私まで呼吸をするのを躊躇われるほどだった。

私が命を落としたことに対し、本気で怒ってくれているのが伝わってくる。

「だが、殺してやるものか。お前の言う薄汚い卑しい男以下の罪人として生きていけ」

「……何だよそれ、殺せよ！　早く！」

テオドールが声を上げるのと同時に、ランドル卿や騎士団の人々がこの場に駆け付けた。彼らはこの場の状況を見て何があったのか察したらしく、すぐに暴れるテオドールを拘束する。

「アナスタシア！」

抵抗し続けるテオドールは、叫ぶように私の名前を呼ぶ。

「なぜそんなにも愚かな女になってしまったんだ？　誰よりも美しくて高貴なお前に、平民上がりの男なんかは似合わないんだよ。お前に釣り合うのは俺だけだ、そうだろう？　なあ！」

「……っ」

「アナスタシア、昔のお前に戻ってくれよ！」

いつも穏やかで余裕のあったテオドールの姿はもうなくて、一人で叫び続ける姿は何かに取り憑《つ》かれているようで、ぞっとして両腕で自身の身体を抱きしめる。

「早く連れていってくれ」

イーサンはランドル卿にそう言うと、優しい手つきで私の肩を抱いてくれた。

ランドル卿によって連行されていくテオドールの姿が、だんだんと小さくなっていく。

「……本当に、愛しているんだ……」

必死に私へと手を伸ばし、絞り出すように紡がれた声に、胸が張り裂ける思いがした。

テオドールは最後まで抵抗しながら私の名前を呼んでいて、どうしてこんなことになってしまったのだろうと、泣きたくなる。

やがて姿が見えなくなった後、私は隣で支えてくれているイーサンに静かに尋ねた。

「……これで本当に、終わったの？」

「はい。もう俺達の未来を奪うものは何もありません」

イーサンは優しく微笑み、私の頬に触れる。

その瞬間どうしようもなく安堵して、涙腺が緩み、涙が溢れていくのが分かった。

「……う、……っく……」

――本当はすごく、すごく怖かった。

この場所に来るのだって、もう一度あの日をやり直すことだって、全部怖くて仕方なかった。

けれど私にとって一番怖いのは、イーサンとの未来を失うことで。

無事に全てを終えることができて、あの日の自分さえも報われた気がした。

「っ本当に、よかった……」

火災で命を落とし過去に戻って、前世とは違い冷たくなっていたイーサンに再び出会って。それから今に至るまで、たった一年間だとしても、私にとっては本当に長い道のりだった。

泣きやみたいと思っても、辛かった過去や不安だった気持ちがどっと込み上げてきて、涙は止まってはくれそうにない。

「……アナ、ありがとうございます」

イーサンは優しくそんな私の名前を呼び、いつまでも抱きしめ続けてくれた。

第八章

自室にて招待客のリストの最終確認を終えた私は、ぐっと両腕を伸ばして息を吐いた。

「ドレスも無事に決まったし、結婚式の準備は順調ね」

「はい。お嬢様もここ最近はずっと働きづめですから、少しは休まれてください」

「ええ、ありがとう。もうすぐ落ち着くから大丈夫よ」

心配げな眼差しを向けるパトリスに平気だと返事をして、私は自身の左手へ視線を向けた。

（……ふふ）

左手の薬指で輝くこの指輪は、先日イーサンから贈られた婚約指輪だった。以前の私達はこうして指輪を贈り合うこともなく、実はずっと憧れていたのだ。

眩《まばゆ》い美しいダイヤモンドを見るだけで、疲れなんてあっという間に吹き飛んでいく。

イーサンとの結婚式まで、あと一ヶ月ほど。

普通は式まではもっと時間をかけるものだけれど、もう既に一緒に暮らしていることもあり、少しでも早くというお互いの意思のもと、急ぎ準備を進めている。

とはいえ、本当に親しい人々だけを招待するこぢんまりとしたものにするつもりだった。

――実は劇場の一件の後、イーサンと両親に会いに行った。

両親にちゃんと会うのは街中に借りていた家に二人が乗り込んできた時以来だったけれど、以前よりもずっと老け込んで見えた。

テオドールが捕まったことで彼の罪が世間に露見し、もちろん両親の耳にも入ったらしい。

劇場での放火だけでなくルアーナ様への殺人教唆、イーサンへの攻撃行為などの罪により、貴族専用の特別牢《ろう》での終身刑が言い渡された。

(……どうかテオドールに、少しでも誰かの痛みを分かる日が来ますように)

まだ彼のことを思い出す度に胸は痛むけれど、自分の罪を償ってほしいと思っている。

そして両親はそんなテオドールに嫌がる私を無理やり嫁がせようとしていたことに対して、多少なりとも罪悪感を抱いているようだった。

『……本当に、すまなかった』

お父様だけは謝罪の言葉を口にしたけれど、お母様は何も言わずにいた。やはり平民であるイーサンのことを認められないのだろう。

別に私は二人に認めてほしいとも思っていないし、認める必要だってないと思っている。お母様だって身分至上主義の家に生まれ、それが当然だという考えで育ってきたのだ。

（十七年しか生きていなかった私ですら、当初はイーサンを受け入れられなかったんだもの）

自分が育ってきた環境、自分にとっての「普通」を変えるのが難しいことも、今なら分かる。

お母様ほどの年齢となれば、余計にそうだろう。

『私はフォレット侯爵家を勘当された身として生きていきます。今後、お父様やお母様と関わるつもりもありません。イーサンや私の周りの大切な人々にも一切関わらないでください』

両親に会ったのは、そのことを伝えるためだ。以前、イーサンを盾にとって私を脅してきたこともあって、結婚する前に一度はっきり言っておきたかった。

もう私に関しては全て諦めたのか、お父様は『ああ』と頷く。

『……それとドーリスとレイモンドを、どうかもっと気遣ってあげてください』

まだ幼い妹と弟には、過去の私のようになってほしくない。

両親に対して言いたいことはそれだけだと告げると、お父様は『分かった』と呟いた。

『帰りましょう、イーサン』

イーサンは両親に挨拶をしに来たわけではなく、またお父様が暴挙に出ては困るため、付き添ってくれていただけだった。

だからこそ、話はもう終わったことだし帰ろうと声をかけて立ち上がった、のに。

立ち上がったイーサンは両親に対し、深々と頭を下げた。

『アナスタシア様のことを、生涯大切にします』

『イーサン……』

自身の立場を脅かす脅迫をされてなお「私の両親」として接してくれる彼に、胸を打たれる。

お父様も驚いて目を見開いたものの、やがて『よろしくお願いします』と小さく頭を下げた。

誰よりもプライドの高いお父様のその行動に、最後に父親としての姿を見た気がして、少しだけ涙腺が緩んだ。

お礼を言ってイーサンの手を取り、十七年間育った家を後にする。

『アナスタシア、っ……』

玄関ホールまで来たところで、お母様に呼び止められた。振り返った先で、お母様は何か言いたげに真っ赤な唇を開いては、真横に引き結んでいる。

その様子から最後に文句を言いに来たわけではないと、すぐに分かった。

『可愛いアナスタシア、大好きよ』

同時にふと、幼い頃の記憶が蘇る。

過去の言葉や態度が全て嘘で、全く愛されていなかったとは思っていない。

――ただ、お母様にとって一番大切なものが私ではなかっただけ。

『今までありがとうございました』

幼い頃から何度も厳しく教えられた通り、一番綺麗に礼をして、私は侯爵邸を後にした。

馬車に乗り込んだ後、私は隣に座るイーサンを見上げた。

『イーサン、ついてきてくれてありがとう。嫌な思いをしなかった？』

『はい。俺にとってはアナが一番大切ですから、何があっても気にしません』

当たり前のようにそう言って、イーサンは柔らかく微笑む。

いつだってイーサンは、私が一番欲しい言葉をくれる。

『……ありがとう』

イーサンが側にいてくれるお蔭で私はこれからもずっと、どんな時も前を向いていける気がした。


実家での出来事を思い出しては胸が温かくなり、今朝会ったばかりのイーサンにもう会いたいなんて思っていると、ノック音が響いた。

次に聞こえてきたのはイーサンその人の声で、すぐにパトリスがドアを開ける。

「おかえりなさい、イーサン」

「ただいま、アナ」

こんなやりとりも夫婦みたいだと思いながら、イーサンに隣の椅子を勧める。

今日は騎士団での仕事の後、結婚式の披露宴を行う会場を見に行ってくれていたはず。

「会場はどうだった？」

「とても良い場所だと思います。引き続き進めるよう伝えてきました」

「良かったわ、ありがとう」

あとはもう私達の方ですべきことは多くないし、結婚式まで落ち着いて過ごせそうだ。ほっとしながらティーカップに口を付けると、イーサンが何か言いたげにしていることに気が付いた。

「イーサン？　どうかした？」

「……その、披露宴の後は、そのまま会場に泊まるかどうか尋ねられました」

「そうね。疲れているだろうし、その方が楽だもの。そうしましょう」

披露宴を終えた後、そのまますぐにベッドに倒れ込める環境はありがたい。

それにしても、なぜどこに泊まるかなんて些細なことにイーサンが戸惑った様子を見せているのか分からず、首を傾げていたけれど。

どんな部屋で広いベッドだろうかとふと想像した私は、ようやく答えに思い至った。

（ちょっと待って、結婚式の夜ってことはつまり……）

初夜という大事なイベントが、すっかり頭から抜け落ちてしまっていたのだ。

前回の人生では結婚式とは言えないようなものをしただけで、私はそのままフォレット侯爵邸に帰宅したため、尚更だった。

夫婦だったというのについ最近までキスすらしたことがなかった私達は、肌を重ねたことなんてあるはずがなく。少し想像してしまっただけで、顔から火を噴き出しそうになる。

（キ、キスだけで精一杯なのに、死んでしまうわ……！）

世の中の夫婦はみんな当然のようにしているなんて、信じられない。

「もちろんアナが嫌であれば、別の部屋を用意しますので」

心底動揺していると、私が思い悩んでいるのかと思ったらしいイーサンは、気遣う様子を見せた。

またすれ違いや誤解が生じては嫌だし、とても恥ずかしいだけでイーサンと本当の夫婦になりたいという願いは、今もずっと変わらない。

「わ、私は嫌じゃないわ！　むしろ乗り気よ！　一緒に寝ましょう！」

「え」

イーサンの手を取り必死に伝えると、呆然とするイーサンの顔がみるみるうちに赤くなっていく。

そうしてようやく、自分がとんでもない発言をしたことを自覚した。

「ち、違うの！　違わなくは、ないんだけど……な、なんていうか……」

「はい」

「とにかく私はイーサンが大好きだから、大丈夫！」

恥ずかしくて上手く言葉にできない気持ちが伝わることを祈りながら、大きくて温かなイーサンの手をきゅっと両手で包む。

するとイーサンにもちゃんと伝わったのか、彼はふっと口元を緩めた。

「ありがとうございます、アナ。俺もアナが大好きです」

愛情と熱のこもった瞳で見つめられ、イーサンの整いすぎた顔が近づく。

毎日見ているというのに、至近距離で眺めても文句のひとつもつけようのない完璧な美しさに、目を奪われてしまう。

「アナは本当に綺麗ですね。俺が知る何よりも美しいです」

イーサンはいつもそう言ってくれるけれど、自分こそどれほどの美貌を持っているのか理解していないような気がしてならない。

そっと頬に触れられ、薄く開かれたイーサンの形の良い唇が近づく。

「んっ……」

触れるだけの軽いキスをして、鼻先が触れ合いそうな距離で見つめ合う。

キスをした後の少しだけ余裕のない、熱を帯びたイーサンの瞳が私は大好きだった。

「……イーサン、大好き」

指先まで全身がイーサンへの愛情でいっぱいになり、溢れた分が無意識に言葉となって口からこぼれ落ちる。

イーサンは困ったように微笑むと、親指で私の唇にそっと触れた。

「我慢できなくなるので、あまり可愛いことを言わないでください」

「もう我慢はしないんでしょう?」

「……アナはずるいですね」

綺麗に弧を描いた唇によって再びキスをされながら、私はこれ以上ない幸せを感じていた。

◇◇◇

結婚式当日、純白のドレスに身を包んだ私は大聖堂の扉の前に一人立っていた。

新郎と二人で入場するのが普通だけれど、こうしたいとイーサンにお願いをしたのだ。

(二年と少し前のことのはずなのに、遠い昔みたいだわ)

――前回の人生でこの場所にこうして立った時は、地獄の扉を開けるような気持ちだった。

けれど今は、この先にたくさんの幸せが待っていることを私は知っていた。

重い扉を両手で押して中へ入ると、大切な人達が温かな拍手と笑顔で出迎えてくれる。

「おめでとう、アナスタシア」

「幸せになってね」

降り注ぐ色とりどりのフラワーシャワーを浴びながら、大好きな友人達に笑顔を返し、カーペットの上を一歩一歩ゆっくりと踏みしめて歩いていく。

(前の人生の時とは、何もかもが違う)

記憶の中の祝ってくれる人なんて誰もいなかったこの場所はもう、思い出せなくなる。

歩む道の先には純白のタキシードに身を包む、愛おしい彼の姿があった。

「アナ」

不安げに背を向けて立っていたあの日とは違い、イーサンは愛情と幸せに満ちた笑みを浮かべ、こちらへと手を差し出している。

その姿に胸がいっぱいになり、視界が揺れた。

『俺のせいでアナスタシア様を巻き込んでしまい、こんなことに……いくら謝罪しても、許されることではないと分かっています』

『あなたが望んだことじゃないの？　どうして今更、そんなこと言うのよ……！』

『アナスタシア、様……』

『あなたの、せいで……私の人生は、めちゃくちゃだわ……』

泣きながら罪のないイーサンを責め立てた過去を思い出すと、未だにひどく胸が痛む。

けれど、そんな誤解やすれ違いを乗り越えたからこそ、これまでの人生の全てがあったからこそ、今の私があるのだと思っている。

込み上げてくる涙を堪えて、とびきりの笑顔でイーサンの手を取り、二人で一歩ずつ進んでいく。

そして私達にもう一度チャンスをくれた神様のもとで、今度こそ永遠を誓う。

「愛しています、アナ」

「私もよ」

「今度こそ絶対に、あなたを幸せにしてみせます」

「ええ」

――お互いに何度も間違えて傷付け合ってしまったけれど、愛しい彼の唇を受け入れながら、こ

れまでの全てが報われていく気がしていた。

そしてこれから先もずっと続いていく、イーサンとの初めての未来に思いを馳《は》せ、私はこれ以上ない幸せを噛み締めていた。

後日談　我慢くらべ

イーサンと結婚して半年が経った、ある日の昼下がり。

「……私って、痴女なのかもしれない」

お茶会の最中にそうこぼしたところ、テーブルを挟んで向かいに座っているニコルの手からティーカップが吹っ飛んだ。

その隣に座るライラは顔を真っ赤にして、食べていたクッキーをぽとりと落としている。

二人の反応に恥ずかしくなりつつ、驚かせてしまってごめんなさいと謝罪の言葉を紡いだ。

「な、何よいきなり……どうしたって言うの？」

「ええ。びっくりしてしまいました」

「本当にごめんなさい、その、他に相談できる人もいなくて……」

パトリスも身近で大切な女性であることに変わりないけれど、彼女は幼い頃から知っているから家族のような感覚も強くて、こういったことは相談しにくい。

なので勇気を出して、親友である二人に話してみている。

「その、どうしたらもっと一緒に寝てもらえると思う？」

「げほっ、ごほっ」

「ニコル様、大丈夫ですか⁉」

今度は淹れ直した紅茶を噴き出したニコルを心配し、ライラがハンカチを渡す。

「ごめんなさい、私の中のアナスタシアって『あまり触れないでくださる？』って言っているイメージだったから意外で……」

確かにイーサンと出会う前の私は、異性に触れられるのが好きではなかった。

ダンスの際は仕方ないものの、男性から必要以上に触れられるのも、下心のある視線を向けられるのも心底嫌だった。

だからこそ、私自身も異性とベタベタ触れ合うのは嫌いなタイプだと思っていたのに。

(イーサンには触れられたくて仕方ないのよね)

彼とならー日中くっついていたいし、できるなら常にいちゃいちゃしていたい。

——何よりイーサンに抱かれていると、これ以上ないくらいの幸せを感じられる。

『アナは世界で一番綺麗です』

『可愛い』

『アナ、愛しています』

何もかもが甘くて優しくて、イーサンにどれほど愛されているのかが伝わってきて。これ以上好きになることなんてないと思っていたのに、どんどん好きが大きくなっていくのを感じる。

「でも、イーサンは月に二度くらいしか一緒に寝てくれないの」

それ以外は別々に眠ろうと言われていて、寝室も基本別々だった。

「もっとしたいって言ったら、はしたないって思われるかしら……？」

女性からそんな誘いをするなんて、良くない気がしてならない。

そもそもイーサンは現状に満足しているからこそ、これ以上私に触れようとしないのだろう。

「そんなことはないと思うわ。もちろん私は経験がないけれど、結婚している友人は自ら誘っているみたいよ」

「えっ、そうなの？」

「むしろ夫が付き合いきれなくなって、夫公認で護衛騎士とも関係を持っているんですって」

「ええっ」

「まあ……」

そんな乱れた生活もあるのかと、ライラと二人で驚いてしまう。そもそも妻が他の男性と触れ合うのを許せるなんて、信じられない。

私はイーサンが他の女性に触れられたりしたら、嫉妬でどうにかなってしまうに違いない。

とはいえ、家庭の事情はそれぞれだし、色々な夫婦の形があるのだろう。

「とにかくアナスタシアが正直に伝えれば、絶対に大丈夫よ」

「ええ。レイクス卿がアナスタシア様のことを心から愛しているのが、私達にまでたくさん伝わってきますから。上手くいくと思います」

「ありがとう、二人とも！　私、勇気を出してみるわ！」

友人達に背中を押されて元気の出た私は、今夜早速イーサンを誘ってみようと気合を入れた。

◇◇◇

その日の晩、私は身支度をばっちりしつつ、ネグリジェ姿でイーサンの寝室を訪れていた。

「どうかしたんですか？　アナ」

「だ、大事な話があるの……！」

緊張しすぎて声の震える私を見て、イーサンも何かあったのかと察してくれたようで、すぐに部屋の中へ通してくれる。

私はずかずかとベッドへ向かっていき、その上にぼふりと腰を下ろした。

イーサンも私に合わせて隣に座ると、私の顔を覗き込んだ。

「どうしたんですか？」

「え、ええと……その……」

「大事な話って何ですか」

イーサンの美しい顔があまりにも近くて、余計に緊張してしまう。

（まずはイーサンの気持ちを聞くべきよね……今の頻度で満足しているとか、私が寝言とか寝相がひどくて一緒に寝たくないとかあるかもしれないし、押し付けはよくないもの。でもその場合、私ってどうすべきなのかしら？　無理やりなんて絶対に嫌だし、でも他の男性となんて――）

「アナ？　何を考えているんですか？」

「え、ええと、他の男性と私が関係を持っ――あ」

「は？」

慌てたせいでちょうど考えていたことが口に出てしまい、すぐに口元を手で覆う。

友人とこんな話をしていたなんて、イーサンに知られるのは恥ずかしい。

とりあえず、イーサンの気持ちを聞こうと再び口を開くと同時に、視界がぶれた。

「――え」

次の瞬間にはベッドの上でイーサンに押し倒される形になっていて、透き通った青い瞳に見下ろされていた。突然のことに、息を呑む。

「どういうことですか」

「えっ？」

「他の男と何があったんですか、答えてください」

先ほどまでの穏やかな笑顔はどこへやら、イーサンは明らかにものすごく怒っている。

（待って、もしかして私が他の男性と何かあったと思われてる……⁉）

そしてようやく、私はとんでもない誤解をされているのではないかと気が付いた。

よくよく考えてみると、大事な話があると緊張した面持ちで入ってきて、あんなことを最初に言うなんて何らかの懺悔《ざんげ》に来たと思われてもおかしくない。

「あの、ちが……っん、う……」

とにかく否定しようとしたものの、イーサンに唇を塞がれてしまい、それは叶わない。

普段のイーサンとは違う荒々しいキスに、どうしようもない私は内心ときめいてしまっていた。

やがて唇が離れた後、イーサンは私の頬にそっと触れた。

「俺に何か不満があるんですか。全部言ってください」

「ち、違うの！　むしろ逆で……」

「逆？」

「うう……実は――」

そうして私は恥ずかしさと申し訳なさを感じながらも、ここに至るまでの経緯を説明した。

全てを話し終えた後、イーサンは「はー」と大きな長い溜め息を吐くと、力が抜けたように私の首筋に顔を埋めた。

「……本気で相手をどう殺すかまで考えました」

「ええっ」

あの一瞬でそこまで考えていたなんてと、驚きの声が漏れる。

「お願いですからこの先一生、絶対に他の男には触れられないでください」

「え、ええ！　もちろん。あなたもね」

「俺は絶対に心配いりませんよ。アナのことしか考えていないので」

くすりと笑ったイーサンは顔を上げると、鼻先が触れ合いそうな距離で私を見つめた。

「でも、アナが俺に抱かれたいと思ってくれていたのは嬉しかったです」

「い、言わないで！」

事実ではあるものの、こうしてはっきり言葉にされると無性に恥ずかしい。

イーサンはそんな私の反応を見て満足げに笑うと、再び軽いキスをする。

そして目がくらんでしまいそうなほど、眩しい笑みを浮かべた。

「今晩から毎日、一緒に寝ましょうか」

「えっ、毎日？　イーサンはそれでいいの？」

「はい。むしろ俺としても本望なので」

どうして今まではこんな頻度だったのだろうと、疑問を抱く。

そんな気持ちが顔に出ていたのか、イーサンは「ああ」と何か納得したような顔をすると、私を押し倒したまま上着を脱いだ。

その仕草もものすごく色気があって、心臓が早鐘を打っていく。

「こう見えて俺、ものすごく体力があるんです」

「？　そうでしょうね」

英雄と呼ばれるほどの騎士なのだから、それはもう普通の人の倍以上はありそうだ。

なぜ今このタイミングでこの話をするのだろうと不思議に思う私に、イーサンは続ける。

「ですから、アナを抱き潰さないように必死に我慢していたんです」

「……ひぇ」

いつも穏やかでこんなにも綺麗なイーサンがそんなことを考えていたなんて、私は想像すらしていなかった。驚きや動揺、照れで間の抜けた声が漏れる。

「そんな俺をけしかけたアナが悪いんですからね」

イーサンは私の耳元で「今晩は付き合ってもらいます」と囁くと、固まる私を抱き上げてベッドの中心へと移動させ、魔法で部屋の灯りを暗くする。

あまりの手際の良さに、私は抵抗する隙すら与えられない。

「ま、待って、まだ心の準備が」

「大丈夫です。どうせ何も考えられなくなりますから」

「えっ、ねえ、イーサン――っ」

――それから先はもう、ほとんど記憶がない。ことごとく、イーサンの言っていた通りになったのだけは覚えている。

翌朝は「満身創痍《そうい》」という言葉の意味を、身をもって理解した。

もちろん大好きなイーサンに愛されて嬉しいものの、昼までベッドから出られず、パトリスやマリアに生温かい視線を向けられながらお世話された。

そして明日は別で寝たいとお願いしてもイーサンが離してくれなくなるのは、また別の話。

あとがき

こんにちは、琴子《ことこ》です。この度は『私のことが大好きな最強騎士の夫が、二度目の人生では塩対応なんですが⁉』二巻をお手に取ってくださり、ありがとうございます。

ようやく！　ようやく！　アナとイーサンが結ばれましたね！（涙）

一巻から「お互いこんなに好きなんだから、早く幸せになって……」と苦しんでいたので、両想いになって幸せそうな二人を書くことができて良かったです。

二人がいちゃいちゃしているシーンは、それはもうウキウキで書きました。時折イーサンのタガが外れる感じ、ものすごく好きです。

主役の二人はもちろん大好きなのですが、個人的にはテオドールとルアーナの絡みも大変好きでした。クズ男と尽くす女の子の関係、癖です……。

また、本作はアナとニコル、ライラといった女の子同士の友情などもしっかり書けて嬉しかったです。アナはとっても素敵なお友達を持ちました。

今回も白谷《しろや》先生が神イラストをたくさん描いてくださり、幸せの極みです。

全てが狂おしく好きで抱きしめているのですが、やはりこれまで二人がたくさんすれ違ってきた分、最後の幸せで美しい結婚式の様子には泣きそうになりました。

幼女アナとショタイーサンも最高でしたね……。本当にありがとうございます！

そして今回も一緒に素晴らしい本を作ってくださった担当編集様、ありがとうございました！　いつものすごい安心感のもと、作業することができています。

本作の制作・販売に携わってくださった全ての方にも、感謝申し上げます。


そしてそして！　本作のコミカライズは黒木捺《くろきなつ》先生が担当してくださいます！

元々ファンだったので、あまりにも嬉しくて浮かれきっています。

本っっ当にアナとイーサンの世界を素晴らしい漫画にしてくださっているので、絶対に読んでいただきたいです！　一話から私は大感激しっぱなしです。


最後になりますが、ここまで読んでくださりありがとうございました！

アナとイーサンを皆様にも好きになってもらえていたら幸いです。

またどこかでお会いできることを祈っております。

琴子

Jパブリッシング　https://www.j-publishing.co.jp/fairykiss/　定価：1430円（税込）

私のことが大好きな最強騎士の夫が、二度目の人生では塩対応なんですが!?2
死に戻り妻は溺愛夫の我慢に気付かない

著者　琴子　　© KOTOKO

2024年5月5日　初版発行

発行人　藤居幸嗣

発行所　株式会社 J パブリッシング
〒102-0073　東京都千代田区九段北3-2-5 5F
TEL 03-3288-7907　FAX 03-3288-7880

製版所　株式会社サンシン企画

印刷所　中央精版印刷株式会社

定価はカバーに表示してあります。
万一、乱丁・落丁本がございましたら小社までお送り下さい。

ISBN:978-4-86669-666-9
Printed in JAPAN